CHARLYE MÉNÉTRIER McGRATH

LES IMBÉCILES HEUREUX

fleuve
ÉDITIONS

MIXTE
Papier issu de sources responsables
FSC® C003309

Fleuve Éditions, une marque d'Univers Poche, est un éditeur qui s'engage pour la préservation de l'environnement et qui utilise du papier fabriqué à partir de bois provenant de forêts gérées de manière responsable.

ISBN : 978-2-265-15471-1

Dépôt légal : juin 2020

À Anthony
À Charlotte, Céline, Aurélie,
Blandine, Aline, Shirley, Florent et Ludovic

« C'est toujours ce qui se passe dans la vie : on s'imagine jouer son rôle dans une certaine pièce, et l'on ne soupçonne pas qu'on vous a discrètement changé les décors, si bien que l'on doit, sans s'en douter, se produire dans un autre spectacle. »

Milan Kundera in *Risibles amours*, Gallimard, 1986

« It's a wonderful life, it's a wonderful life
Traversed in tears from the heavens
My heart is a mellow drum, a mellow drum in fact
Set alight by echoes of pain twenty-four seven,
twenty-four seven
I dream, I smile, I walk, I cry… »

Benjamin Clementine in *I won't complain*,
At least for now – Warner Chappell Music France

Prologue

— Si j'ai bien compris, on en a tous envie mais personne ne veut passer à l'action ?

— C'est pas si simple, Flo. Perso, en ce moment, je n'ai pas une minute à moi, répond Camille.

Florence se tourne vers Marie, regard de cocker suppliant.

— Moi, ça me tente carrément ! Mais Cam n'a pas tort. Depuis le temps que l'on ne s'est pas vus, je crains que cela soit plus compliqué qu'on ne le pense. Notre vieille bande d'amis ne se rassemblera pas par l'opération du Saint-Esprit, ironise Marie. D'autant que, je croule aussi sous le boulot.

— Le burn-out te pend au nez, chaton !

— Il en pense quoi, Charly ? demande Camille.

— Mon super-mari pense que c'est une super-idée, mais… il n'a pas le temps de s'en occuper non plus !

— D'ailleurs, il est en retard. Qu'est-ce qu'il fabrique ? s'impatiente Nico, à peine entré dans le salon pour déposer sur la table basse des ramequins d'olives et d'ail frais.

— Je viens de lui envoyer un message. Il ne devrait plus tarder. Ne changez pas de sujet ! Ce que j'en dis, moi, c'est que si on ne le fait pas maintenant, on va finir par perdre définitivement le peu de lien qui nous reste. On a été tellement proches. Je trouve nul de ne pas réussir à nous mobiliser pour organiser un apéro ou un dîner.

— Flo, le truc c'est que nous, on est comme les doigts de la main et on galère déjà pour caler un soir où nous sommes tous disponibles pour se faire une raclette, alors…

— FON-DUE ! Répète après moi, Marie : ceci est une FONDUE ! Mais combien de fois faudra-t-il vous le dire, ce soir ? Je vais finir par croire que vous faites exprès de confondre les deux, pour le plaisir de me faire rager, s'indigne Nico, leur hôte, tout en retournant à la cuisine.

— Tu t'es trompée juste pour l'entendre grogner ? demande Florence, amusée.

— Vous croyez que ça nous passera un jour ? chuchote Marie.

— Quoi ? s'enquièrent ses deux amies d'une seule voix.

— Nous trois, en train de casser les pieds à ton frère !

— Vous voyez, c'est exactement pour ça que depuis dix ans, nous renonçons à chaque tentative. On part dans tous les sens, on diverge, on se marre en se remémorant un vieux souvenir et en deux temps trois mouvements, on passe à autre chose, explique Florence.

— C'est sûrement un signe, alors ! dit Camille en se levant pour remplir leurs trois verres vides. Si on ne prend pas le taureau par les cornes, il y a une raison. Je reconnais que c'est une super-bonne idée de réunir notre bande de copains du lycée mais c'est trop de boulot pour…

— Qui a trop de boulot ? demande Nicolas de retour dans le salon.

— Ta sœur et Marie ont envie de réunir la bande. On est toutes d'accord pour dire que ce serait super, mais ça va prendre du temps. Déjà, pour retrouver les coordonnées de tout le monde...

— Ça ne fait pas tant de monde que ça ! réplique Florence en saisissant un bloc-notes et un crayon pour faire les comptes. Nous : Cam, Marie, Nico, Charly et moi. Ça fait déjà cinq. Il manque Sandra, Samira, Coco, Lolo, aidez-moi...

— Martin, Séb et Mélanie. Douze ! On était douze, précise Nicolas.

Dans quelques minutes, le téléphone de Florence sonnera et son interlocuteur lui annoncera que son mari vient de décéder dans un accident de voiture.

Onze, ils ne sont désormais plus que onze.

Survivre

Florence Brun Legaud a trente-six ans, trois enfants et elle est veuve. Cela fait près de dix-huit mois que Charly, son mari, s'est pris un tracteur de plein fouet sur le périphérique Nord. « Paf le chien » en version conjugale. Une mauvaise blague en quelque sorte, un vieillard sénile qui se sauve de chez lui, vole un véhicule agricole et prend la bretelle d'autoroute à contresens.

Au cours des semaines qui ont suivi le décès de son époux, sa réaction a été celle de tout un chacun. Elle a pleuré, sangloté, s'est étouffée de colère, de chagrin, de rage et même une ou deux fois de rire parce qu'il faut bien que les nerfs se relâchent par moments. Puis, à force d'entendre qu'« avec le temps, ça va aller », Florence a opté pour une mise en mode « pilote automatique ».

Elle a repris le travail deux semaines après l'enterrement. Son poste d'attachée culturelle a ceci de commode qu'il la phagocyte tout entière à peine a-t-elle franchi les portes du musée. Bien sûr, elle pleurait encore plusieurs fois par jour. Elle s'enfermait dans son bureau et laissait tout sortir. Dix à vingt minutes d'ouverture des vannes. Elle n'imaginait pas que le corps humain puisse contenir autant de larmes.

Quand elle relevait le store et déverrouillait la porte, les mines déconfites de ses collaborateurs ne la perturbaient pas plus que cela. Elle savait qu'ils savaient, et puis quoi ? Ils entendaient ses pleurs et même parfois son râle de bête meurtrie, mais se gardaient bien de toute tentative de réconfort. Elle les avait avertis, or ce n'était pas le genre de personne que l'on souhaitait contrarier. Le dimanche soir avant sa reprise, elle avait adressé un courriel à toute son équipe :

Merci mille fois pour votre douceur et votre bienveillance en ces temps obscurs pour ma famille. Vos attentions, vos fleurs et vos messages nous sont allés droit au cœur. Je serai de retour parmi vous dès demain et je vous demande une faveur. Je risque parfois de pleurer. S'il vous plaît, faites comme si de rien n'était. Si vous ne respectez pas mon chagrin et la manière dont je veux le vivre, alors je serai pour toujours l'objet de votre pitié et vous m'ôterez tout espoir de reprendre le dessus un jour.

Florence s'était souvenue de la manière dont ses collègues s'étaient comportés face au deuil périnatal d'Élise, son assistante. Ils pensaient tous bien faire, elle y compris. Toujours est-il que durant les trois ans entre la perte de son petit et la naissance de sa fille qui aujourd'hui se portait comme un charme, tout le monde l'avait traitée comme une petite chose fragile. Un soir, autour d'un verre pour célébrer la fin d'une exposition, Élise, un peu pompette, lui avait confié que si, les premiers temps, leur attitude prévenante l'avait aidée à se relever, plus les mois étaient passés et plus elle avait souffert de ce regard qu'ils portaient sur elle et qui lui rappelait chaque jour la mort de son bébé. La naissance de sa fille l'avait libérée de ce rôle dans lequel, bien malgré eux, ses collègues l'avaient enfermée.

Quand Florence prit la décision de reprendre ses fonctions au musée deux semaines seulement après le décès de son grand amour, elle savait que sa famille et ses amis tenteraient de l'en dissuader. Il serait préférable que « tu prennes du temps pour toi », « ne présume pas de tes forces », « commence ton travail de deuil », « tu verras après pour le boulot ». Elle se mordait l'intérieur de la joue pour ne pas leur répondre qu'aucun d'entre eux n'avait la moindre idée de ce qu'elle traversait. Cela faisait un mal de chien. Rester chez elle à regarder les photos des moments heureux ne l'aiderait en rien. Elle devait s'occuper l'esprit. Travailler lui semblait être ce qu'il y avait de plus sain à faire pour s'anesthésier quelques heures par jour.

Après trois peut-être quatre mois, ses larmes coulaient toujours, sans même qu'elle s'en aperçoive, mais contre toute attente, entre 9 heures et 16 h 30, cela ne l'empêchait plus de gérer ses budgets et ses équipes. Elle n'avait pas encore accepté la mort de son mari mais avait appris à composer avec. Sa journée de travail terminée, Florence enfourchait son vélo et regagnait son quartier en une dizaine de minutes par les quais du Rhône. Elle se garait devant son immeuble et filait à pied récupérer ses trois filles à l'école élémentaire, maternelle et à la crèche mitoyenne. À deux, quatre et six ans, elles grandissaient comme elles pouvaient chacune à leur manière... sans leur père. De 16 h 50 au lendemain matin à 8 h 20, ce qu'il restait de leur famille se lovait dans la petite bulle de bien-être qu'elle s'évertuait à préserver. Bien qu'elle doive se forcer la plupart du temps, elle voulait que ses petites entendent son rire chaque jour et que le leur résonne entre les murs de l'appartement familial. Avec le jus de viande, elle dessinait des visages souriants dans la purée, les encourageait à construire des cabanes au milieu du salon dans lesquelles elles dormaient toutes ensemble à même le sol. Florence faisait son possible pour conserver leur innocence d'enfants. Tant qu'elle faisait briller leurs yeux, elle maintenait la tête hors de l'eau. Cet amour maternel décuplé lui sauva la vie. À chaque coup de mou, et bon sang, il y en avait, elle tripotait le médaillon photo autour de son cou dans lequel son mari resterait contre elle pour l'éternité. Elle répétait tel un mantra : « Il faut rire chaque jour et pour toujours. Les enfants se nourrissent de sourires, de rires et d'amour. » Chaque journée passée était une petite victoire.

La première année est la pire, dit-on. C'est celle des premières fois. Premier Noël sans lui, première fête des Pères sans père, premier anniversaire, les leurs et le sien jusqu'au plus sordide, l'anniversaire de sa mort. Entre deux devis qu'il lui faisait signer, le type des pompes funèbres lui avait touché un mot de ce premier « tour de roue ». Cela avait paru farfelu à l'apprentie veuve, mais le bougre maîtrisait son sujet. Ces douze mois post mortem furent un crève-cœur, un temps entre la vie et la mort où le futur se résume au lendemain parce qu'il n'est plus permis de rêver, de projeter, un entre-deux où la seule perspective d'avenir consiste à prévoir les activités de ses filles pour le week-end suivant.

Bien qu'elle se fasse penser à un panda dépressif doté de la force vitale d'un bout de Slime, la pâte flasque et collante, star des cours de récréation, ses amis et sa famille n'avaient de cesse de lui répéter qu'elle forçait leur estime. « Incroyable, ma chérie. Une résilience à nulle autre pareille ! Un courage qu'on ne te soupçonnait pas. » Florence hochait la tête et ravalait sa réponse : « Ce n'est pas comme si j'avais le choix, les gars ! Je ne vais pas me foutre en l'air, mes gosses n'ont déjà pas eu de chance avec leur père, ce ne serait pas très sympa de ma part de leur faire ça, non ? »

Ses proches ne voyaient que ce qu'elle leur donnait à voir. Que du feu ! Ses filles, elles, semblaient ne pas vraiment comprendre que « c'était pour toujours » et il lui plaisait à penser qu'elles se remettaient doucement de l'absence soudaine de leur papa. À moins qu'elles aussi ne lui montrent que ce qu'elle voulait bien voir.

Trente minutes de silence hebdomadaire

Mille questions cognaient contre le crâne de Camille depuis qu'elle avait franchi le seuil du cabinet du Dr Privat. Séance après séance, tandis que les deux femmes alternaient regards francs et coups d'œil à la dérobée, Camille se demandait ce qu'elle foutait là et pourquoi elle s'infligeait ces trente minutes hebdomadaires de torture.

Réponse : Gustave !

Son ex-conjoint avait exigé d'elle qu'elle commence un suivi psy.

Durant la première année qui avait suivi la mort de Charly, Gustave lui avait répété à maintes reprises qu'elle ne pouvait pas ignorer le drame qui l'avait frappée, elle aussi. Si Florence avait perdu son mari et son grand amour, Camille, elle, avait perdu son meilleur ami, son pote à la compote comme ils s'appelaient tous les deux. Les semaines, les mois étaient passés mais Camille avait persisté à camoufler son chagrin. En boucle, elle lui déballait sa rengaine : elle devait « d'abord gérer Flo ». Leur couple n'avait pas su attendre cet « après ». Trois mois plus tôt, une dispute avait éclaté, LA dispute ! Celle de trop. Celle dont on ne revient pas. Les noms d'oiseaux lancés au visage, parce qu'il faut bien parer les attaques, les cris, les menaces jusqu'à prononcer le mot fatal : séparation. Gus avait littéralement capitulé. Il n'avait pas eu d'autre choix que celui de déposer les armes. On ne lutte pas contre une tête de mule comme Camille. C'était peine perdue, il avait déjà trop espéré. Il consentait à la garde alternée, il lui laissait l'appartement le temps qu'ils officialisent la rupture. Il ne ferait ni scandale ni crise, à l'unique condition que la mère de son fils « voie quelqu'un ». Elle le lui avait promis comme un gage d'entente amiable.

Louis semblait ravi de ne plus entendre ses parents se disputer du matin au soir et le nouvel appartement de son père était un temple dédié à sa petite personne. Le narcissisme de ses cinq ans y trouva son compte. Camille était soulagée. Elle n'était pas certaine de ne pas regretter un jour la dissolution de son mariage et la perte de Gus, mais pour l'heure, il n'y avait plus personne pour la forcer à se prendre en main, à faire ce deuil, à accepter la mort de Charly. Quand son existence partait en vrille, Camille ne faisait pas de détail, elle envoyait tout valser. Sur ce coup-là, elle n'avait pas failli à sa vilaine habitude.

Que ferait Gustave, une fois le divorce prononcé, si elle bottait en touche pour la thérapie ? Il ne pouvait pas la forcer.

Quelques semaines après leur séparation, Camille s'était crue plus maligne que lui en lui affirmant au cours d'un déjeuner qu'elle consultait. « Bien sûr, non mais, tu me prends pour qui ? Une promesse est une promesse ! Je n'ai qu'une parole. » Gus était ravi de la savoir entre de bonnes mains. Il lui avait demandé si cela lui faisait du bien, si elle commençait enfin à faire son deuil. Il avait même voulu savoir si elle voyait un psychologue ou un psychiatre. Heureusement pour Camille, à ce moment précis le téléphone de Gus avait sonné et pendant qu'il déplaçait un rendez-vous avec un patient, elle avait discrètement pianoté sur son smartphone, l'air de rien, tout en lui souriant.

Psy + Lyon 1er dans son moteur de recherche avait révélé tout un tas d'occurrences. Elle avait choisi au hasard avant qu'il ne raccroche.

« Dr Privat, c'est une psychiatre. Elle est sur le quai, à deux pas de la maison. Elle est top. Ça vous convient monsieur l'inspecteur suspicieux ? On peut parler d'autre chose maintenant ? »

Ce jour-là, en se quittant après leur déjeuner qui s'était déroulé en toute amitié et sans aucune animosité, ils s'étaient félicités l'un l'autre de la manière dont ils géraient la fin de leur couple.

Mais lorsque Gustave avait sonné à sa porte quatre jours plus tard, de retour d'un week-end avec le petit, elle avait compris qu'elle avait été démasquée en apercevant à travers l'œil-de-bœuf, sa tête enfarinée. Son futur-ex-mari partageait toujours avec elle un compte bancaire et avait donc accès à ses dépenses de santé *via* leur application en ligne. Triple buse, un psychiatre est remboursé par la Sécurité sociale ! En vérifiant un paiement sur leur compte d'assurance maladie, il s'était étonné de ne voir aucune dépense pour sa femme depuis plusieurs mois, pas même celle d'un généraliste pour l'orienter vers un psychiatre. À vaincre sans péril, on triomphe sans gloire. Camille était passée aux aveux et avait entamé sa thérapie avec la fameuse Dr Privat dès la semaine suivante, cette fois-ci pour de vrai.

Enfin, pour le moment, elle se rendait aux consultations et s'asseyait sur le divan. Après avoir partagé quelques banalités, elle gardait le silence en attendant que la demi-heure s'écoule afin qu'une ligne de remboursement de soins s'affiche sur Ameli.fr. Gus, son juge d'application des peines, veillait au grain. Le fourbe ! D'un autre côté, le divan était confortable. Entre son fils de cinq ans et son job à France 3, elle n'avait pas tellement d'autres occasions dans la semaine de s'asseoir une demi-heure dans le calme sans rien faire.

La jeune femme décida que c'était aujourd'hui ou jamais. Elle attendait l'impossible de la part de la psychiatre, qu'elle la soigne d'un tour de baguette magique ou qu'elle sorte les forceps. S'il ne se passait rien durant cette séance, elle mettrait un terme à sa thérapie. Elle préférait encore affronter le mécontentement de Gustave que le deuil de Charly.

— Alors, dites-moi, comment allez-vous, cette semaine ?

— Je vais ! Je me fais à l'idée de vivre séparément de Gus. C'est même plutôt pas mal, tout compte fait, ce retour à la liberté. Je n'ai plus à tenir compte des desiderata de quiconque. Bien sûr, il y a le bien-être de notre fils mais c'est différent... Enfin, vous voyez de quoi je parle ! Vous devez soigner des tas de gens qui consultent parce qu'ils divorcent.

— Oui. Mais vous, Camille ? Ce n'est pas l'objet de votre démarche. Ce qui vous a conduite à faire appel à moi, ce n'est pas votre séparation. Il me semble que la première fois que nous nous sommes parlé au téléphone, je vous ai demandé ce qui vous poussait à commencer un travail sur vous et vous m'avez répondu que vous n'arriviez pas à surmonter la mort de votre meilleur ami.

La patiente garda les bras croisés et le visage fermé. Elle jeta un œil à la petite horloge posée sur le bureau de la psychiatre. Dans vingt minutes, elle serait dehors, arpenterait le bitume du centre-ville, s'en allant loin de cette maudite doctoresse. Son pas serait sautillant, elle respirerait de l'air frais.

Tic tac tic tac.

On étouffait dans ce foutu cabinet.

Camille faisait son possible pour envoyer son esprit vagabonder ailleurs que dans cette pièce où la vilaine sorcière du cerveau voulait disséquer sa peine, s'en emparer pour la lui jeter au visage : « Là comme ça, tu vois bien que tu vas mal, regarde d'un peu plus près, tu fiches ta vie en l'air, tu fais n'importe quoi avec ton mari qui n'en pouvait plus de supporter ton deuil latent, ton incapacité d'admettre qu'il y avait un souci. Et au travail, ce n'est pas mieux, tu vas finir par te mettre tout le monde à dos avec ce comportement tyrannique qui te laisse croire que tu contrôles la situation. Mais t'as raison, regarde ailleurs et laisse les minutes défiler. »

Tic tac tic tac.

La psychiatre, rôdée à l'exercice, n'avait pas dit son dernier mot. Après trois minutes de silence méthodique, elle relança.

— Vous bottez systématiquement en touche, lorsque je tente d'aborder le sujet avec vous. Vous déviez la conversation sur… comment s'appelle-t-elle déjà, bluffa-t-elle. Hum… Laurence ! Vous évoquez Laurence quand je vous parle de vous et de votre ami décédé.

— Florence, elle s'appelle Florence. Et elle aussi est mon amie. Ma meilleure amie pour être précise. Et… Charly… c'était son mari alors, elle, elle… déguste vraiment !

La doctoresse s'empressa de poursuivre pour ne pas perdre la partie dans laquelle elle venait de marquer son premier point.

— Vous vous rendez bien compte, Camille, que vous épancher auprès de moi sur la perte de votre ami, cela ne revient pas à priver votre amie Florence de son propre deuil ? suggéra la quadra brune aux tailleurs toujours impeccables.

Camille songea que cette psy était vraiment trop nulle. Elle se recroquevilla sur elle-même et se mordit les lèvres pour ne pas pleurer. La psychiatre décrypta aisément le langage corporel de sa patiente et comprit qu'elle n'en tirerait rien de plus pour cette séance. Pendant les six minutes qui suivirent, elles n'échangèrent plus un seul mot.

Les pensées de Camille se perdaient quelque part entre ici et maintenant et la cour d'un lycée privé de la Croix-Rousse vingt ans plus tôt.

Septembre 1995

Florence et Camille, meilleures amies depuis l'école primaire, firent ensemble leur rentrée au lycée Saint Bruno. Camille sécha un cours dès la première semaine. Elle s'en moquait pas mal, ce n'était que le sport. Le prof était « super-con », il reluquait les filles en short et faisait des blagues débiles aux gars de la section foot à horaires aménagés. C'était tout du moins ce que lui avaient dit Nicolas, le frère de Flo, et ses potes. Et puis, ce n'était pas comme si elle en avait besoin. De l'exercice, elle en faisait quatre heures par semaine. Danse contemporaine et classique. Elle se passerait très bien de ces stupides sessions de saut en hauteur. Graine de rebelle, mais pas trop, elle se planqua derrière le stade pour fumer. Des JPS noires. Avec les Red Hot Chili Peppers à fond dans son casque Sony, elle relisait ses cours du matin quand un mec de première l'aborda pour lui demander du feu. Après deux minutes d'un silence gênant, il engagea la conversation par le sujet qui s'imposait.

— T'écoutes quoi comme musique ?

— Les Red Hot. T'aimes bien ?

— Je les ai vus en concert le mois dernier, lui répondit le grand échalas au bonnet de coton enfoncé sur le crâne.

— T'es pas sérieux ? Mais où ?

Pendant des années, Charly se moquera gentiment de Camille et de leur premier échange. Il l'imitera en grossissant le trait (mais pas tant), expliquant qu'il avait compris ce jour-là l'expression « se décrocher la mâchoire » en voyant sa tête quand il avait évoqué le concert des Red Hot. Ça les fera mourir de rire. Il fera des moulinets avec ses mains et sautera d'un pied sur l'autre, reproduisant à la perfection la jeune fille enthousiaste qu'était Camille.

— Au Reading festival, à Londres. Mes parents vivent là-bas, la moitié de l'année. Enfin maintenant c'est plutôt la majeure partie de leur temps, mais bon…

— La chance !

Camille regretta immédiatement ses mots indélicats. Le nouveau se rembrunit et baissa les yeux en grattant le sol avec ses Converse noires toutes déchiquetées. Il écrasait un mégot imaginaire du bout du pied pendant qu'elle cherchait désespérément un moyen de dissiper le malaise.

— Désolée. Ça sonnait beaucoup mieux dans ma tête. Ça ne doit pas être facile pour toi.

— Bof. C'est comme ça. Ils ne m'ont pas vraiment demandé mon avis. Je vis avec mes grands-parents. Ça va, ils sont cool pour des vieux. Et toi, tes parents ? Mariés ? Divorcés ? T'es en école privée parce qu'ils sont catho ou parce qu'ils ont trop de pognon pour laisser leur fille se mélanger avec le petit peuple ?

Camille n'eut pas le temps de lui répondre qu'elle aussi était élevée par ses grands-parents, faute de père ou de mère à Londres, à Lyon ou simplement sur cette Terre. Florence fit irruption dans l'arrière-cour.

— Faut que tu te radines, Cam ! Le prof est furax. Il dit que ceux qui sont absents aujourd'hui pour le premier cours vont le payer toute l'année. Le genre de connard, j'te dis pas !

L'intruse ne sembla pas remarquer la présence du jeune homme. Camille voulut les présenter, mais elle se rendit compte qu'elle ne connaissait pas le prénom du garçon.

— Voici mon amie Florence. Ma meilleure amie. On se connaît depuis… toujours ! Flo, voilà mon nouveau pote qui a vu, tiens-toi bien, les Red Hot Chili Peppers en concert le mois dernier.

— Salut, moi, c'est Charly !

— Salut ! Enchantée. Bon, vous venez en cours ou pas ? Je peux tirer quelques lattes sur ta clope, steupl ? demanda Flo à Charly, le plus naturellement du monde, alors qu'ils venaient à peine de se rencontrer.

En fin de journée, devant la grande porte du lycée, Camille dit au revoir à Florence. Elle ne pouvait absolument pas être en retard à son cours de danse. Elle s'éloigna d'un pas rapide, mais juste avant de tourner sur le boulevard, elle entendit son amie lui courir après.

— Dis, Cam, le Charly, là, tu l'aimes bien ?

— Trop ! Ça a l'air d'un mec tellement cool. Le gars a vu des dizaines de concerts et…

— Ah ! OK ! Bah, laisse tomber alors ! l'interrompit Florence, une pointe de déception dans la voix.

— OK quoi ?

— Non rien. C'était juste comme ça.

— Bah comme ça quoi ? Vas-y, dis-moi ce qu'il y a ?

— Tu crois au coup de foudre, toi ?

Camille éclata de rire et Florence piqua un fard. Les filles s'éloignèrent en promettant de se téléphoner le soir même. Elles avaient prévu de se voir le lendemain après-midi pour se préparer pour la soirée de rentrée de Marie Perrin.

Camille courut à sa leçon de pointes. À la fin du cours, elle avait prévu d'annoncer à sa professeure qu'elle renonçait à son enseignement cette année. Elle allait également décevoir ses grands-parents mais elle s'en moquait pas mal. Elle avait seize ans, elle savait ce qui était bon pour elle, non ? Et puis, elle en avait marre de cette vie à mille à l'heure où elle n'avait jamais un moment pour elle. Piano, danse, solfège, encore danse, cours particuliers d'anglais et de mathématiques, n'en jetez plus, elle avait son compte ! Elle repensa à sa rencontre avec le nouveau. Elle l'avait trouvé vraiment sympa. C'est vrai qu'ils iraient bien ensemble, Flo et lui.

En pénétrant dans la salle de danse, elle se demanda si l'on pouvait également parler de coup de foudre en amitié.

À trente-six ans, Camille savait que le coup de foudre en amitié existait. Entre Charly et elle, cela avait été immédiat. Ils s'étaient reconnus dès les premiers mots échangés. Certains êtres sont taillés dans le même bois, eux provenaient du même arbre, sans aucun doute. La douleur, l'absence étaient d'autant plus dures. Vingt ans d'une amitié sans aucun accroc. L'équation de départ n'était pourtant pas simple. Construire une relation saine avec le petit ami, devenu mari de celle que l'on considère comme une sœur aurait pu s'avérer complexe. Il n'en fut rien. Camille, Florence et Charly ne s'étaient jamais posé de questions. Leur trio tenait parfaitement debout grâce à deux points d'équilibre : Nicolas, le frère de Flo, et Marie, meilleure amie des deux filles. D'aucuns clament que l'amitié sincère entre homme et femme est impossible. Charly et Camille démontraient la stupidité de cette idée. Les âmes sœurs sont asexuées, leur connexion se fait au-delà de la chair. Camille en est persuadée depuis le premier jour, c'est leur prédisposition à l'enthousiasme et la spontanéité qui fut le socle de leur relation. Ils étaient toujours ceux qui animaient les débats, les conversations dans les soirées. Ils s'enflammaient, s'exaltaient l'un et l'autre et parfois aussi, l'un contre l'autre, avant de se taper dans la main, se rappelant comme ils s'aimaient fort. Leur amitié avait des airs de complicité fraternelle. Ils vivaient tous deux avec leurs grands-parents, sans frère ni sœur et leur rencontre fut une planche de salut. Adolescents un peu paumés, ils incarnaient l'un pour l'autre la famille que l'on se choisit, le lien que l'on tisse soi-même et que l'on sait incassable.

Mais c'était sans compter sur l'accident de voiture – si soudain que Camille eut, dans les premiers jours qui suivirent les funérailles, l'impression d'être morte elle aussi ce soir-là. Le lendemain de la cérémonie funéraire, elle avait apporté quelques plats cuisinés à Florence. Voyant les yeux dévastés de son amie, elle avait séché les siens. Elle savait que ce comportement était stupide et injustifié, mais elle ne parvenait pas à faire autrement. Elle mettait un point d'honneur à accompagner son amie dans sa douleur, à l'aider, comme elle le pouvait, à supporter le néant qui s'était abattu sur leur petit monde. Elle devait bien ça à Charly.

Les biches philosophes

Le moins que l'on puisse dire, c'est que sa semaine avait été sacrément pourrie. De toute façon, depuis la mort de Charly dix-huit mois auparavant, Marie trouvait que les galères se succédaient sans lui laisser de répit.

Réunion du vendredi matin. Catastrophe en un seul acte.

Grand chef supposait qu'elle relèverait le énième défi qu'il lui imposait. Comme d'habitude, c'était pour avant-hier et bien évidemment, le budget alloué était de trois euros et deux cacahuètes et demie. Les douze paires d'yeux de ses collègues, mais néanmoins subordonnés, étaient rivées sur elle, l'implorant silencieusement d'obtenir pour l'équipe un délai convenable à défaut d'un budget réaliste. En lieu et place de son argumentaire construit, elle répondit simplement :

— Bah… en fait, non !

Une ou deux mâchoires se décrochèrent de stupéfaction. Tout le monde, Grand chef compris, regarda l'employée modèle comme si elle venait de parler en klingon. Marie n'ajouta rien. Elle ramassa ses petites affaires et se leva sans dire un mot. Avant de claquer la porte, elle se retourna et fit une révérence, telle une danseuse qui salue avant de quitter la scène.

Dans l'ascenseur qui la menait loin de ses responsabilités écrasantes, elle ressentit une drôle d'impression. Elle venait de se délester du poids qu'elle avait sur la poitrine depuis des mois. Sa respiration était plus fluide, bien que l'excitation de son coup de tête fasse toujours battre très fort le sang à ses tempes.

La jeune femme se trouva étonnamment calme, compte tenu du suicide professionnel qu'elle venait de commettre. Elle démarra sa voiture et fila tout droit au parc de la Tête d'Or pour aller voir les biches.

Depuis l'adolescence, dès que Marie avait un problème, elle trouvait du réconfort à leur contact. Elles étaient toujours là pour elle, pour lui redonner le sourire, et peu importait que les promeneurs la prennent pour une folle. La première fois, elle venait d'apprendre son redoublement et n'osait pas rentrer chez elle pour l'annoncer à ses parents. Elle avait marché deux heures sous le soleil de mai, sans savoir où aller. Elle s'était retrouvée devant l'enclos des cerfs et avait décidé de s'asseoir à même le sol pour se rouler une cigarette et pleurer un bon coup. Les cervidés n'avaient pas tardé à former un attroupement devant elle. Entre deux reniflements bruyants dans son mouchoir, Marie avait cru deviner de la compassion dans leurs regards et s'était sentit obligée de rassurer les bestioles. « Ne vous en faites pas pour moi. Je m'en doutais, ça me pendait au nez. Je n'ai rien fichu cette année à part traîner avec mes potes. »

La situation lui était apparue pathétique et la jeune fille avait explosé de rire. Les cerfs indiquèrent au reste du troupeau qu'ils avaient fini leur job avec la chouineuse et qu'ils pouvaient vaquer à leurs occupations jusqu'à la prochaine urgence. Depuis ce jour, chaque coup de Calgon avait conduit Marie dans ce parc.

Marie avait deux ans de plus que ses deux acolytes. Elle fut tout d'abord une très bonne amie de Nicolas qu'elle rencontra dès son entrée au collège. Pendant longtemps, Florence ne fut à ses yeux que la petite sœur de son ami, toujours flanquée de sa fidèle copine, Camille.

Quand Nicolas et Marie redoublèrent ensemble leur année de première, Florence et Camille entraient tout juste au lycée. L'écart se resserra donc entre le frère et la sœur Legaud. Fort heureusement, ils n'avaient jamais été en compétition. Le plus naturellement du monde, ils opérèrent une fusion de leurs groupes d'amis.

Flo et Cam amenèrent Lolo, Séb, Martin, Sandra et Mélanie.

Marie et Nicolas, en première comme Charly, firent pourtant sa connaissance par l'entremise des cadettes. Les deux redoublants introduisirent Coco et Samira.

La bande se constitua en quelques semaines et resta soudée de nombreuses années sous des formes diverses et variées, en fonction des parcours de vie de chacun.

Vu de l'extérieur, cette amitié perdurait grâce à l'histoire d'amour de Charly et Florence ou, peut-être par le lien de famille entre cette dernière et son frère Nicolas. Il n'en était rien ! Marie était le ciment de leur complicité à tous. Elle ne s'en vanterait jamais – d'ailleurs, elle n'en avait pas vraiment conscience – mais les autres le savaient. Marie était un média à elle toute seule.

Des trois copines, elle était aussi celle qui avait fait la plus grosse crise d'adolescence. Jusqu'à ce qu'elle entre au lycée, elle était la fille parfaite, l'enfant idéale.

Son arrivée en seconde avait été synonyme de sorties, d'histoires de cœur, de potes, de soirées chez les uns et les autres. Tout le monde aimait Marie. Elle était déjà au centre de tout ce qui se tramait. Pour le plus grand malheur de ses parents.

Pour elle, ils avaient dépensé toutes leurs maigres économies. Ils avaient travaillé comme des forçats pour lui payer son internat privé en ville. Ils étaient prêts à tous les sacrifices pour que leur douce Marie s'intègre et fasse leur fierté. Ils nourrissaient un seul dessein, lui faire prendre l'« ascenseur social ». Son père n'avait que cette expression à la bouche.

Voir sa fille se gâcher lui brisait le cœur. Lors des rares week-ends où elle leur rendait visite dans le trou paumé où elle avait grandi, elle traînait les pieds et courait voir ailleurs dès qu'elle le pouvait. Sa bande d'amis accaparait toute son attention. Les adultes, « les vieux » comme elle les appelait à l'époque, étaient tous d'accord sur un point : « Si seulement elle mettait son énergie à son propre service plutôt que de la gaspiller à aider les autres… »

Ses premières années après le lycée avaient été chaotiques. Elle semblait se satisfaire de cette vie à la petite semaine. Elle avait été la première de la bande à avoir son propre appartement et la seule avec un vrai travail. Un job alimentaire dans un bar tandis que ses amis végétaient à la fac. Certains parmi eux occupaient des petits boulots d'étudiants quelques heures par semaine mais Marie, elle, avait vingt et un ans et déjà un CDI à plein temps. Cela aurait pu durer encore longtemps, toute sa vie peut-être, sauf qu'à la mort de sa grand-mère maternelle les funérailles lui avaient renvoyé ses origines modestes en plein visage. Le dépouillement de la cérémonie, faute de moyens, lui permit de comprendre en une seule journée d'où elle venait et pourquoi ses parents en attendaient autant d'elle. Ce fut l'électrochoc salvateur dont la jeune insouciante avait besoin. À son retour à Lyon, elle semblait déterminée à prendre ce foutu ascenseur social avec lequel on l'avait bassinée durant toute son enfance. Ses parents retrouvèrent le sourire dès qu'elle leur fit part de son souhait d'intégrer le service public. Marie ne passa qu'un seul concours, fut reçue et commença sa carrière d'agent administratif.

À force de travail et de persévérance, elle gravit les échelons et était, aujourd'hui, chef des services administratifs et financiers d'une faculté prestigieuse. Le poste était exigeant mais stimulant. Jusqu'à l'année dernière, Marie l'adorait. Jusqu'à cette réunion dramatique, où elle tira littéralement sa révérence.

Elle passa la journée en compagnie des biches et les quitta après avoir entièrement vidé son sac de soucis. Il était 16 h 15, ses enfants sortaient de l'école dans trente minutes. Elle les récupéra avant qu'ils n'aient le temps de rejoindre l'étude du soir. Sans même repasser chez eux pour boucler des valises, elle s'engouffra sur l'autoroute, improvisant ainsi un week-end dans la résidence secondaire de ses beaux-parents. Les maisons de famille ont ceci de commode que l'on y oublie toujours des affaires, ils trouveraient bien de quoi s'habiller sur place.

Son mari les rejoignit le lendemain matin en Auvergne. Marie ne pipa mot. Quarante-huit heures de déni total pendant lesquelles tout le monde la trouva particulièrement joviale.

— Comme quand Rita était bébé. Avant que tu retravailles tous les jours maman, lui fit remarquer Léon, son aîné.

Marie songea à retourner travailler à temps partiel. Un mi-temps était peut-être encore négociable avec le grand méchant loup. Elle était usée par toutes ses responsabilités. Il lui fallait seulement accepter d'être rétrogradée. Sur la route du retour, tandis que les petits dormaient à l'arrière, elle finit par lâcher le morceau à son mari :

— Richard, j'ai craqué vendredi.

— Non, tu rigoles. C'était cool, cette escapade spontanée. Nous devrions faire ça plus souvent. Tu étais tellement détendue ces deux derniers jours.

— J'ai pété un câble au travail, chéri. En plein débrief hebdomadaire. Le vice-président ne va jamais laisser passer ça. Je lui ai dit non devant toute l'équipe.

Elle expliqua tout à Richard et ce sale gosse en rit comme un dément.

— Tu lui as juste dit « Bah… en fait, non ! » ? Rien de plus ? J'aurais donné cher pour voir la tête de tes collègues. Et quand tu es partie en saluant l'assemblée, personne n'est intervenu ? Ha ha ha ! Même quand tu as fait ta courbette de départ ?

— C'est que… ils étaient…

— Sur le cul ?

— J'allais dire médusés, mais oui, c'est l'idée. Arrête de te moquer, tu vas réveiller les enfants et puis, on est sacrément dans la mouise maintenant. Faut qu'on trouve une solution.

— Une solution pour quoi ? lui demanda son mari, visiblement loin de prendre la mesure de la situation.

Quand elle lui expliqua qu'il n'était pas envisageable qu'elle retourne travailler le lendemain ni un quelconque autre jour, Richard, sous le choc, faillit envoyer la voiture dans la barrière centrale de sécurité.

— Mais enfin, ce n'est pas la fin du monde. Tu débarques demain avec des croissants et des pains au chocolat pour toute l'équipe. En aparté, tu glisses un mot à Deschamps sur l'énorme grippe qui t'a, soi-disant, clouée au lit à demi délirante tout le week-end. Il pensera que ton pétage de plombs de vendredi était les prémices de ton état grippal et basta ! Ne t'en fais pas tout un monde, mon amour. T'es bien trop indispensable pour qu'il t'en tienne rigueur.

Marie acquiesça. Il avait raison, elle était indispensable.

Discrètement, dans l'obscurité de l'habitacle, elle pleura en regardant les kilomètres défiler. Elle avait beau tourner la question dans tous les sens, elle ne voyait aucune perspective d'amélioration de sa situation. Elle était arrivée à un tel point de saturation que la simple idée de devoir le lendemain matin descendre de sa voiture et traverser le parking jusqu'à la porte principale de l'université lui filait la nausée et des sueurs froides. La mule était trop chargée, elle était à deux doigts d'imploser. Avant d'arriver à Lyon, Marie décida qu'elle quémanderait un arrêt maladie à son médecin dès le lendemain. Le temps de voir venir…

Thé et religieuse au café

Depuis l'adolescence, Florence avait pour habitude de rendre visite à sa grand-mère Jeanne, tous les vendredis après-midi. Elles dégustaient une religieuse au café et refaisaient le monde. Au moment de la mort de Charly, l'octogénaire faisait sa révolution intérieure depuis une petite année. Placée en résidence pour séniors, elle avait d'abord refusé de s'adapter à ce nouvel environnement avant de rencontrer une bande d'amis incroyables avec lesquels elle faisait les quatre cents coups. Malgré le veuvage, « les goûters avec mamie » demeuraient une valeur sûre pour Florence, un repère dans ses tristes semaines. Elle avait besoin qu'on la serre fort, qu'on la prenne dans les bras comme une enfant qui vient de tomber. Sa grand-mère avait toujours été sa source de câlins et de douceur. En de pareilles circonstances, elle ne faisait pas défaut à sa réputation. Certains vendredis, lorsque ses enfants étaient occupées à regarder ailleurs, Florence posait la tête sur les genoux de la vieille dame et se laissait caresser les cheveux en silence. Juste elle deux, comme quand elle était petite. Quand son humeur était au beau fixe, Jeanne lui racontait des histoires à coucher dehors, les aventures improbables qu'elle et ses amis vivaient à leur grand âge. Elle n'avait pas son pareil pour lui changer les idées et lui redonner le sourire. Sa grand-mère était en pleine crise d'adolescence et Florence était veuve avant quarante ans. Parfois, la vie ne tournait pas tout à fait rond.

Un vendredi après-midi comme un autre, Florence, après un bref arrêt chez Bernachon pour acheter deux religieuses au café, eut la surprise d'être accueillie par Paddy, le fiancé anglais de sa grand-mère. Les deux tourtereaux s'étaient rencontrés à la résidence pour personnes âgées et ne se quittaient plus d'une semelle. Sauf lorsque Lucienne, la meilleure amie de vieillesse de Jeanne, l'embarquait en vadrouille. La petite-fille à sa mamie s'était bel et bien fait poser un lapin. Paddy semblait désolé que sa « sweet Jeanne » leur ait faussé compagnie. « Un imprévu avec sa fofolle de copine. » Gentleman, il invita Florence à prendre le thé avec lui. Ses filles passaient exceptionnellement le week-end avec leurs grands-parents paternels ; elle n'avait pas très envie de rentrer seule chez elle en plein après-midi. Elle accepta l'invitation. Le vieil homme avait d'ailleurs déjà mis la bouilloire à chauffer. Ils s'installèrent autour de la table de la studette.

En entrant, Florence pensait qu'ils se tiendraient compagnie une petite demi-heure. Elle était loin d'imaginer que leur conversation lui permettrait d'aller mieux, de mieux en mieux et, un jour prochain, enfin, d'aller bien, vraiment bien.

Tandis que Paddy remplissait les tasses pour la seconde fois, Florence se demanda de quoi ils pourraient bien discuter tous les deux pendant les vingt prochaines minutes, délai minimal avant qu'elle puisse annoncer son départ. Paddy, quant à lui, savait très bien où il voulait amener la conversation.

Depuis des mois, il voyait la petite-fille de sa douce Jeanne affronter, tête haute mais cœur brisé, le deuil de son époux. Il aurait aimé lui parler et la rassurer, mais il savait aussi que le plus délicat pour aider ou encourager, c'était le « timing » comme on disait chez lui. Il y a des attentions qui tombent à l'eau parce qu'elles ont un peu d'avance ou de retard. À présent, il estimait qu'il était temps pour lui de partager avec elle sa plus grande douleur.

Il lui raconta sa « vie d'avant », quand il habitait à Manchester. Il s'était marié avec son amour de lycée et ils avaient eu trois enfants. L'entrée dans la quarantaine de Paddy était idéale, il arborait fièrement le combo parfait : famille aimante et brillante carrière. Florence ne put ignorer les similitudes de leurs existences. À lui aussi, la vie avait joué un sale tour. Un coup de frein mal négocié par son fils aîné lui avait enlevé les quatre personnes qu'il aimait le plus au monde. Il s'agissait également d'un accident de voiture, et tout comme elle, il avait cru ne jamais s'en remettre. En lui confiant son passé, il ne versa pas une seule larme, sa voix était calme et posée. Elle contrastait avec ses mains noueuses qui ne cessaient de s'agiter. Son interlocutrice s'efforçait de ne pas les regarder pour éviter de le mettre mal à l'aise. Paddy avait tout perdu en une seconde : sa femme et leurs trois enfants. Pour la première fois depuis la mort de Charly, Florence eut envie de pleurer pour un autre chagrin que le sien.

— Je ne vais pas vous mentir, *sweet heart*, vous allez encore verser des larmes de sang pendant un sacré bout de temps, mais… peut-être que si vous provoquez votre chance, un jour, vous serez à nouveau heureuse. Jamais plus comme avant, puisque le drame que vous avez vécu vous aura fait perdre la confiance que vous aviez jusqu'ici en la vie. Vous garderez pour toujours, dans un coin de votre tête, la crainte que tout peut disparaître en un crissement de pneu, mais… vous apprendrez à être heureuse autrement, à profiter de chaque seconde… à vivre l'instant présent.

— Si vous le dites ! J'ai l'impression que c'est moins dur, que la douleur ne m'empêche plus de respirer comme au tout début, mais… de là à être « heureuse », j'ai des doutes.

— Vous découvrirez une saveur toute particulière du bonheur, que vous ne soupçonniez pas jusqu'alors, justement parce que vous aurez traversé ces épreuves, parce que vous aurez été terrifiée par la fragilité de la vie. Et votre nouvelle existence aura le goût de l'urgence mêlé à une certaine sérénité. Vous aurez acquis la certitude que vous êtes indestructible et vous serez prête pour vivre, vraiment vivre. Pour le moment, vous survivez. Mais cela viendra bientôt… ou plus tard ? *Whatever*, je vous promets que vous serez à nouveau heureuse… un jour…

Parmi les poncifs que l'on sert à ceux qui perdent un proche, il y a celui qui prétend qu'« un jour, ça ira mieux… avec le temps. Tu verras… ». Pourtant ces phrases à la noix, dans la bouche de Paddy avaient une tout autre portée. Elles étaient une promesse d'espoir. Un jour viendrait…

Contre toute attente, cette tasse de thé, façon confession intime, remonta le moral de Florence. En partant, elle serra le fiancé de sa grand-mère contre elle et le remercia en tenant de longues minutes ses mains dans les siennes.

Le retour à vélo jusque chez elle lui apporta les endorphines dont elle avait besoin pour affronter un vendredi soir sans ses filles.

Elle ouvrit la porte de son appartement et alla directement dans sa chambre chercher le sweat-shirt de Charly sur lequel elle pleurait depuis des mois. Elle l'enfila avant de se vautrer sur le canapé du salon. Télécommande à la main, elle zappa sans fin et en vain, à la recherche d'un programme intéressant. Elle ne parvenait pas à oublier les confessions de Paddy. Elle se sentait infiniment triste pour lui. Mais au fond d'elle, une petite voix lui chuchota que c'était plutôt bon signe qu'elle arrive enfin à mettre de côté sa propre peine.

Baisser un peu la garde

En s'endormant en boule sur le sofa, Florence ne s'attendait pas à faire « un tour de cadran », comme disait sa mère lorsqu'elle était adolescente. Treize heures de sommeil lui furent nécessaires pour digérer toutes les émotions brassées la veille avec le fiancé de sa grand-mère. Paddy lui avait confié plus que la perte d'êtres chers. Il avait partagé ses failles, ses doutes mais aussi sa résilience et sa renaissance. En le quittant, après le récit de toute cette noirceur qu'il avait traversée, elle ne voyait plus que l'homme lumineux qu'il avait été et qu'il était encore à plus de quatre-vingts ans. Se livrer de la sorte avait été douloureux pour le vieil homme, mais il pensait que cela lui serait bénéfique et… Florence devait bien l'avouer, elle se sentait mieux depuis leur discussion.

D'après ce qu'elle avait compris, il avait connu sa seconde femme à Lyon, peu de temps après son arrivée en France. Ensemble, ils avaient eu Thomas, un restaurateur très sympathique que Florence appréciait beaucoup. La suite, elle la connaissait. Après son divorce, il avait vécu seul de longues années. Et puis, au soir de sa vie, il avait rencontré sa douce Jeanne, comme il l'appelait, et il n'avait jamais été aussi heureux que ces deux dernières années.

C'était la première fois que l'on racontait à Florence un drame qui ressemblait autant au sien. Elle partageait avec Paddy, plus que la mort du conjoint, de l'être aimé. On leur avait arraché le seul amour qu'ils avaient connu. Le seul, le grand, l'unique, le premier amour, l'amour de jeunesse, celui dont on dit qu'il ne dure jamais. La soudaineté de la mort leur avait mis un aller-retour, une paire de gifles en plein visage et les avait laissés sur le carreau, sonnés, avec rien d'autre que leurs yeux pour pleurer. Et la terreur de savoir que pour de vrai, parfois, la vie bascule en quelques secondes.

Florence songea à l'un de ses collègues, qui avait perdu son épouse dix ans plus tôt (d'un foutu crabe bien sûr, quoi d'autre ?). Après le décès de Charly, il l'avait invitée à boire un café. Il faut bien se serrer les coudes, il avait vécu « ça », lui aussi. Ils avaient ainsi échangé sur l'amour perdu et la manière d'affronter la suite. Elle avait écouté ses précieux conseils, surtout ceux qui concernaient les enfants. Marc avait dû faire face à la sordide agonie de sa femme, la voir disparaître jour après jour, se décharner jusqu'à n'être plus que de la peau sur des os, des yeux perdus dans le vide et des râles qui supplient qu'on en finisse. Florence avait eu honte de sa propre faiblesse. Elle, elle aurait voulu avoir le temps de voir Charly partir, pouvoir le serrer contre elle une dernière fois, rien qu'une dernière fois. Est-ce que son collègue l'enviait également ? Aurait-il échangé leur dernier combat perdu, les trois mois de phase terminale au chevet de sa femme nuit et jour contre la violence d'un choc frontal, tôle contre tôle à 110 kilomètres/heure ? Mort sur le coup versus mort qui se laisse désirer, espérer, la garce ! Au point qu'on finit par la supplier de libérer celui qu'on aime. Temps suspendu pendant des semaines contre une simple et banale seconde qui fracasse tout sur son passage. Y a-t-il une façon « moins pire » de mourir pour ceux qui restent ?

Ce matin-là au réveil, alors qu'elle pensait à son pauvre collègue, cela lui fit mal au cœur et elle se dit que c'était bon signe de réussir à compatir aux drames des autres. La mort de Charly l'avait rendue plus dure. Très dure, peut-être trop. Mais il fallait bien faire face, pour ses filles. Elle avait fait comme elle avait pu. Se lever, les préparer, sourire, rire même dès que cela était redevenu possible, les accompagner à l'école, profiter de leur temps scolaire pour pleurer, préparer le dîner, les amener à la danse, aux anniversaires des copines, raconter des histoires, des contes de fées dans lesquels les princes ne meurent pas sur le périph' Nord, mais vivent heureux et bla-bla-bla. Elle avait mobilisé toute sa force pour se relever. Si ses enfants avaient vu leur maman, face contre terre, elles auraient été condamnées à une double peine. C'était hors de question. « Lève-toi et marche. Elles ont besoin que tu leur montres le chemin. Allez debout, Florence, tes gosses t'attendent pour la chasse aux œufs de Pâques, la soirée pyjama, le week-end dans la Drôme avec leurs cousins, les affaires de rentrée scolaire à commander, les vaccins à contrôler et avec le sourire, s'il te plaît ! » Pour affronter chaque journée, elle avait dû se blinder. Fabriquer une seconde peau sur laquelle tous les malheurs des autres glissaient comme sur la queue d'un canard. Jusqu'alors, elle était au maximum de sa jauge de chagrin, rien ne pouvait venir s'ajouter sous peine de la faire exploser en plein vol. Boire un thé avec Paddy, l'écouter parler de sa douleur passée et surmontée, se rappeler ses discussions avec Marc et ressentir une sincère empathie pour lui… « Pu…rée de petits pois (pour rester polie) ! se dit Florence. Il se pourrait bien que j'aille mieux ! » Un tout petit peu, ce n'était pas non plus l'extase, mais elle eut l'impression qu'une part d'elle-même lui avait été rendue. Si ses glandes lacrymales n'avaient pas été à sec, elle en aurait presque pleuré de joie.

Faire sauter les scellés

La dernière séance avait été la première où les deux femmes avaient échangé au sujet de Charly, alors qui sait… Peut-être que celle-ci serait moins pénible et interminable que les précédentes. Camille était prête à jouer le jeu. En arrivant pourtant, telle une gardée à vue coupable, elle resta silencieuse. Tic tac tic tac. Les minutes s'égrenaient.

Elle regarda l'heure discrètement à son poignet. Il était vingt-sept. Plus que trois minutes.

Nul ne saurait dire qui des deux femmes fut la plus surprise lorsque les mots jaillirent de la bouche de Camille.

— Je ne peux pas. Je ne veux pas. Je refuse d'accepter… ça ! Je l'entends encore parfois se foutre de moi quand je racontais sa rencontre avec Florence. L'intuition que j'avais eue. Comment j'avais orchestré leur vraie rencontre « totalement par hasard ». Il m'appelait Madame Irma. Il se marrait et ajoutait affectueusement que c'était peut-être bien moi la responsable de ce bazar dans lequel il s'était fourré à dix-sept ans. Moi, j'étais fière d'être à l'origine de leur histoire d'amour. Quoi de mieux que de voir ses deux meilleurs amis amoureux ? OK, dit comme ça, il y en a qui peuvent trouver ça bizarre, mais nous on formait un trio hyper-soudé. Puis, il y avait tout notre petit groupe, notre bande de potes. Ça marchait bien. On a grandi ensemble. Le lycée, les études, les premiers jobs. Flo et lui étaient un peu notre exemple à tous, la preuve que l'amour ne dure pas trois ans, qu'un mariage sur deux ne se termine pas par un divorce. Tout roulait entre eux, entre nous. On était une super-bande de copains. Sans lui, c'est… bancal, déséquilibré. Je suis tellement en colère.

— Contre qui ? demanda la psy, qui elle aussi, regarda sa montre discrètement, mais pas suffisamment pour que sa patiente ne le remarque pas.

— Contre l'univers tout entier. Contre ce vieux qui souffrait d'Alzheimer et qui a pu échapper à toute surveillance, jusqu'à voler un putain de tracteur. Ce connard l'a tué sur le coup. Et contre lui, contre LUI… de m'avoir laissé là, à devoir gérer notre vie sans lui, à tenter d'aider Florence alors que je m'y prends comme un pied. Je n'ai pas le mode d'emploi, moi, de la vie sans lui. Et puis… j'ai du chagrin… je suis en colère ET j'ai du chagrin, un INCONSOLABLE PUTAIN DE CHAGRIN !

— Vous ne prononcez pas son nom ? Jamais ? Il est mort, il a eu un accident. Verbalisez, c'est le début de l'acceptation. Chez vous, un jour, quand vous serez prête, je vous invite à dire à voix haute…

— CHARLY EST MORT ! l'interrompit Camille hors d'haleine.

— C'est bien. Nous avons beaucoup avancé aujourd'hui. Vous pouvez être fière de vous. La séance est terminée à présent, mais nous poursuivrons sur cette bonne lancée mercredi prochain, lui répliqua la psychiatre tout en effectuant un petit mouvement de menton pour indiquer la boîte de mouchoirs sur la tablette.

Camille n'en revenait pas. Était-elle en train de se faire mettre dehors alors que cette grognasse la suppliait depuis des semaines de lui cracher le morceau ? Elle ne faisait pas tant de chichis sur les horaires, toutes les fois où elle lui mettait un bon quart d'heure de retard dans la vue avec son patient précédent. Elle serra les dents, paya la séance et acquiesça du bout des lèvres lorsque le Dr Privat lui souhaita une bonne fin de semaine. Une fois dans l'escalier, elle se dit que sa psychiatre était quand même une sacrée morue. Elle était d'autant plus contrariée qu'elle avait l'impression qu'on venait de la contraindre à faire sauter les scellés d'un dossier bien trop douloureux, pour finalement, la renvoyer chez elle avec son *cold case* sous le bras.

Septembre 1995

Camille s'attendait à une surréaction de la part de sa professeure de danse classique, elle avait vu juste. Palmyre, ancienne étoile du Bolchoï était à deux doigts d'hyperventiler lorsqu'elle lui annonça qu'elle mettait un terme à sa formation. La quadragénaire russe avait toujours vu en elle une danseuse prometteuse. Ses grands-parents avaient encouragé sa passion pour la danse, voyant surtout d'un très bon œil la présence de Palmyre, majestueuse figure maternelle de substitution auprès de leur petite fille. Malheureusement, ni la tendresse pour sa professeure ni son amour de la danse ne furent suffisants, en cette rentrée en classe de seconde. Camille avait pris sa décision.

Ensuite, elle dut affronter ses grands-parents. Elle les aimait plus que tout, mais ils étaient loin de l'impressionner comme Palmyre. Ils pouvaient crier ou se fâcher, mais en fin de compte, ils finissaient toujours par toquer à la porte de sa chambre pour s'assurer qu'elle n'avait pas trop de chagrin. Mémé caressait sa joue de sa main fripée par les années et les soucis, et Pépé lui rappelait qu'ils l'aimaient d'un amour infini et qu'ils faisaient tout ce qui était en leur pouvoir pour la rendre heureuse et l'aider à faire les bons choix.

Pour Camille il s'agissait aussi de ne pas trop faire de vagues. Elle savait bien que dans leurs rares moments de conflit, ils souffraient férocement. Sa grand-mère ne s'était jamais remise de la mort de sa fille unique. Camille était choyée dans ce foyer, ses sourires étaient la joie de ses grands-parents, mais il arrivait qu'elle devine ce que leurs lèvres se retenaient de dire, quand ils étouffaient un cri ou un reproche, ou cachaient leurs yeux embués. Son rire pouvait parfois crever le cœur de sa grand-mère à trop lui rappeler celui de sa propre fille. Tout le monde le savait mais faisait comme si tout allait bien. On passait à autre chose et surtout on ne se retenait jamais de s'amuser parce que c'était leur rempart à tous les trois, contre le chagrin. « Sous ce toit, ma foi, la loi, c'est qu'il n'y en a pas ! » disait son grand-père avant d'éclater d'un rire tonitruant. Et sa grand-mère de répondre : « Crois-y, chéri ! La loi, c'est moi ! » Ils riaient tous les deux et leur complicité faisait du bien à Camille. Les parents mouraient parfois, mais il arrivait aussi qu'ils s'aiment et vieillissent ensemble dans le rire malgré les épreuves.

Ils avaient dit « OK » pour l'arrêt des cours avec Palmyre. Ils ne pouvaient pas la forcer à danser si elle n'aimait plus ça. Camille avait une nouvelle obsession : la vidéo. Elle rêvait de posséder une caméra. Ses grands-parents étaient prêts à économiser pour la lui offrir à condition que son bulletin du premier trimestre soit à la hauteur.

Lorsqu'elle avait partagé la bonne nouvelle avec Florence, cette dernière lui avait répondu qu'elle avait de la chance dans son malheur. En ce qui la concernait, bien qu'habitant avec ses parents, ils n'étaient, à son grand regret, que les individus qui l'avaient enfantée et se trouvaient, de fait, en charge de la faire grandir. Certains font des enfants parce que c'est comme ça, parce que c'est la suite logique, parce que ça évite qu'on nous demande pourquoi on n'en veut pas. C'est plus commode que d'assumer son absence totale de fibre parentale. Auguste et Marjolaine étaient préoccupés par leur travail, leur vie sociale, leurs amis, leurs réseaux, tout ce qui ne leur demandait pas de se décentrer d'eux-mêmes trop longtemps. Prendre soin de Florence et de son frère aîné Nicolas figurait tout en bas de leur liste de priorités. Ils avaient eu, eux-mêmes, des mères au foyer et avaient cru étouffer sous autant de prévenance. On peut dire qu'ils s'étaient bien trouvés, tous les deux, égoïstes jusqu'à l'os. Pour eux, les marmots ne devaient pas être trop choyés, ça les rendait fragiles, or les faiblesses, Auguste et Marjolaine n'aimaient pas ça. Et puis, si leurs enfants avaient besoin de tendresse, il y avait Jeanne, la grand-mère paternelle toujours prête à ouvrir ses bras pour réconforter ses enfants, ses petits et ses arrière-petits-enfants.

Florence et Camille s'aimaient aussi pour ça ; leur amitié indéfectible leur offrait la tendresse parentale dont elles manquaient toutes deux.

— J'ai une bonne ET une mauvaise nouvelle, ma Flo ! annonça Camille à Florence, sans même lui laisser le temps de dire « allô ». On ne va plus à la soirée de Marie Perrin demain soir !

— Mais non ! Mais pourquoi ? On n'est plus invitées ? Peut-être que mon frère peut faire quelque chose. On n'est plus des gamines maintenant, on est au lycée !

— Boucle-la, Boucles d'Or ! On ne va pas à la soirée parce qu'on va aller voir MBQ en concert.

— Euh… j'aimerais bien, mais…

— Laisse-moi parler. Dans les vestiaires, chez Palmyre, j'ai mené mon enquête auprès de Samira. Charly, le nouveau, il était invité à la soirée, mais il a décliné parce qu'il va voir un concert. Tu vois où je veux en venir ?

— Pas sûre ! Enfin, si je crois, mais ça ne fait pas un peu lourdingue de changer nos plans pour… lui ?

— Pourquoi ? Nous aussi, on adore ce groupe de musique et j'ai le pressentiment que vous avez plein d'autres trucs à partager, tous les deux. Demain matin, je vais à la Fnac et j'achète deux billets, tu me rembourseras quand t'auras eu ton argent de poche dimanche. Ça roule ma Flo-Flo ?

— C'est pas comme si quelqu'un avait déjà su s'opposer à tes délires, ma Cam. Personne ne peut te dire « non » quand t'as une idée dans la tête, toi !

— Pardon ? Comment ? Je n'entends pas très bien ! Qu'est-ce que tu dis ? « Merci mon amie chérie, grâce à toi, demain je vais rouler des pelles au futur père de mes enfants et quand on se mariera, tu seras mon témoin, ce sera ma manière à moi de te remercier de te priver de la soirée de Marie pour organiser mon premier rencard avec Charly. »

— Ce n'est pas un rencard quand l'un des deux n'est pas au courant. Ça ressemble plus à un traquenard, Madame Soleil !

— Bon alors ?

— Alors, ouiii ! Tu seras mon témoin quand je deviendrai Mme Charly Machin Truc. Ça craint, on ne connaît même pas son nom de famille. Tu seras même la marraine de notre premier enfant.

— T'es aussi barge que moi ! Mon « alors ? » c'est pour savoir pour demain soir ? Je t'ai trop grillée ! T'es carrément folle de lui, en vrai !

— J'avais compris, je… euh… suis pas débile, non plus ! Ouiii !

— C'est pas encore l'heure de dire « oui » devant le maire, se moqua Camille avant de raccrocher le téléphone en forme de piano à queue que ses grands-parents avaient accepté d'installer dans sa chambre depuis la rentrée.

Il y a des intuitions qui ne s'expliquent pas. Il y a des pressentiments qui n'en sont pas. Les personnes trop terre à terre, celles incapables de rêver, appellent cela des fruits du hasard. « C'était une évidence ! Il suffisait de les regarder, cela crevait les yeux que ces deux-là étaient faits l'un pour l'autre. » C'est avec ces mots qu'elle avait conclu son discours de témoin lorsque Flo et Charly, ses deux meilleurs amis, s'étaient dit oui pour de vrai, dix ans plus tard.

Bain de jouvence

Florence décida qu'aujourd'hui, pour la première fois depuis des lustres, elle allait s'octroyer le droit de buller. Même pas peur ! Depuis son veuvage, elle occupait chaque minute de sa vie. Peur de la solitude, de l'inactivité. Elle se dit qu'elle devait tenter de faire face au vide. Peut-être qu'elle était de nouveau assez stable sur ses deux pieds pour ne pas basculer.

Elle choisit *Desperate Housewives*, une série qu'elle connaissait par cœur pour avoir déjà visionné toutes les saisons une bonne dizaine de fois. Elle resta ainsi à ne rien faire, une grande partie de la journée. Vers 18 h 30, elle débarrassa enfin son bol de café matinal et grignota debout dans la cuisine, un reste de fromage avec du pain. Elle retourna traîner dans le salon, son ordinateur portable sous le bras et ses lunettes sur le nez. Ses yeux étaient secs à force de fixer ce maudit téléviseur. Pour une fois, ce n'était pas d'avoir trop pleuré. Elle navigua une heure sur Internet. Comme à chacune de ses visites sur les réseaux sociaux, elle se lassa vite, dépitée par la bêtise et la vanité qui y régnaient. Ses filles devaient rentrer le lendemain à l'heure du déjeuner. Tout d'un coup, il lui prit l'envie de leur préparer un repas de fête. Elles adoraient ses lasagnes et Florence n'en avait pas cuisiné depuis longtemps. Elle alla chercher les ingrédients dans le garde-manger et s'attela à la tâche. À 20 h 30, le plat était au four et la maman dévouée attaqua la découpe des pommes pour la tarte Tatin que sa cadette aimait tant. Florence alluma la radio. Elle commençait à avoir des doutes sur sa capacité à affronter seule une nuit d'insomnie. Sa soudaine agitation cachait très mal sa peur. Une fois le dessert au four pour une trentaine de minutes, elle nettoya son plan de travail puis se décida à envoyer un SMS à Marie. Elle avait besoin de parler.

Son téléphone sonna quelques secondes à peine après l'envoi du message. Elles optèrent pour une conversation vidéo.

— Tout va bien, ma belle ? demanda Marie d'une voix inquiète. Tu veux que je vienne chez toi ? Je peux être là dans cinq minutes.

— Tu sais que ce n'est pas mon genre d'appeler à l'aide.

— Justement, c'est ce qui m'a fait sauter le cœur quand j'ai vu ton SMS. Depuis qu'on est mamans, on ne s'écrit plus tellement le soir. Ça doit être la première fois que tu m'écris après 21 heures.

— Tu oublies tes missions « à la rescousse de Flo » quand nous étions jeunes. C'est vrai qu'il n'y avait pas de textos ou de messagerie instantanée à l'époque. Je me souviens de toutes les fois où tu débarquais en urgence chez moi. Tu entendais à peine ma voix tristoune au téléphone et tu étais là en moins de deux… Dès que j'avais une embrouille avec mes parents, une mauvaise note ou que je me disputais avec Charly.

— C'est drôle !

— Quoi ? Toi qui rappliques depuis toujours telle une wonder woman quand on en a le plus besoin ?

— Non, mais j'avais presque oublié que vous vous étiez déjà pris la tête avec Charly. Vous êtes, vous étiez, pardon, tellement zen. C'est dur d'imaginer que vous avez été jeunes…

— Merci !

— Mais, laisse-moi finir ! Il est si loin le temps où vous étiez de jeunes amoureux, avec vos fâcheries et vos embrouilles.

— Tu sais… Faut pas croire. Nous étions comme tout le monde. Avec nos chamailleries et nos désaccords. Nous avons même eu de grosses disputes. Mais je dois reconnaître que cela ne durait jamais très longtemps. Surtout, nous savions que quoi qu'il arrive, nous surmonterions l'adversité. Nous avions la certitude que rien ni personne ne nous détruirait… Enfin, rien sauf la mort ! C'est pas si mal pensé ce truc, au final : jurez-vous fidélité, amour, bla-bla-bla… jusqu'à ce que la mort vous sépare.

— Je ne sais pas si j'aime t'entendre plaisanter avec ça, ma Flo. D'un côté, je trouve ça cool que tu mettes de la distance, mais… je ne suis pas très à l'aise. Et puis, t'es pénible, j'allais continuer dans la veine romantique et te dire que ce que vous aviez tous les deux, c'est ce que tout le monde espère connaître un jour. Quelqu'un qui t'aime aussi fort que tes parents quand t'es encore la prunelle de leurs yeux, leur avenir, leur espoir. Être aimé sans condition, c'est le Graal, non ? Hé ! Ho ? Tu m'écoutes ? C'est quoi, ce bip ?

— Mon four ! Ma tarte Tatin est prête. Bouge pas, deux secondes…

— Ta quoi ? T'es sérieuse ? Hou ! Là, là ! T'es sûre que ça va, toi ? J'enfile un jean et j'arrive…

— Non, ça va ! Je t'assure. On se voit un de ces jours ? Il faut que je te raconte l'après-midi que j'ai passé avec le chéri de mamie.

— Ça va, ça va, mais… tu fais quand même de la pâtisserie à une heure étrange, non ? Qu'est-ce qu'il a bien pu te raconter, l'amoureux anglais ?

— C'est… comment dire ? Je crois qu'il m'a donné la force dont j'avais besoin pour je ne sais pas… disons, bien que je ne sois pas prête à refaire ma vie – pas maintenant, c'est certain, je ne parviens même pas à imaginer les lèvres d'un autre sur les miennes alors, c'est pas demain la veille –, mais disons qu'avec le temps, Paddy a raison, ça finira par aller pas trop mal. Et peut-être un jour plutôt pas mal jusqu'à ce que cela aille bien. Juste bien. Ce serait déjà un grand pas pour moi et pour les filles.

— Mais tu dis toujours que t'as envie d'assommer les gens qui te disent « ça ira mieux avec le temps » alors pourquoi lui a le droit et…

— Il sait de quoi il parle ! Ce n'est pas une phrase toute faite dans sa bouche. C'est un constat, une promesse avec preuve à l'appui.

— S'il t'a dit des choses qui t'ont fait du bien, c'est l'essentiel.

— Je crois que je suis fatiguée, Marie. On se voit quand ?

— Va vite te mettre au lit. On déjeune lundi ? Non, plutôt mardi. C'est bon pour toi ?

— OK, on se rappelle pour confirmer. Sayônara, mon chat !

— Atodéné, bébé !

Four éteint et tarte recouverte d'un torchon, Florence alla s'écrouler dans son lit.

En se levant, Florence se sentait étonnement légère. Ses rêves avaient été doux et ensoleillés ; ses filles y étaient vêtues de robes légères et de sandales à bride. Il était tôt, elle hésita à sortir se promener sur le marché, mais se décida finalement pour un bain moussant. Elle alluma France Inter sur l'application de son téléphone, déposa une tasse de thé Earl Grey sur le rebord de la baignoire et se plongea dans l'eau. Elle n'écoutait pas vraiment l'émission de radio, elle songeait à ces petites choses de la vie, comme cette douce matinée qu'elle s'autorisait, et se dit qu'il fallait qu'elle prenne un peu plus soin d'elle à présent. Florence commençait à s'assoupir, portée par la chaleur ambiante. Elle peinait à garder les yeux ouverts. Toute son attention se focalisa sur le sweat-shirt de Charly qu'elle venait d'ôter et qui reposait nonchalamment sur le bac à linge sale. Elle fixait le vêtement qui lui servait de doudou lorsque d'un coup, cela fit tilt ! Ou plutôt tadam !

Son épiphanie la sortit de sa langueur et de l'eau en un gracieux saut de cabri. Elle enfila son peignoir, mais ne prit pas la peine de se sécher et inonda le sol de la salle de bains. Elle déploya devant elle le sweat-shirt vert sapin de son mari et contempla l'inscription brodée sur le dos :

« Lycée Saint Bruno – Lyon 1995-1996 »

France Inter sonna les trois bips, il était 11 heures. Elle reposa le sweat et se rendit à la cuisine, de l'autre côté du quatre-pièces tout en longueur. En chemin, Florence prit trois longues respirations pour calmer son rythme cardiaque. Elle ne se souvenait pas de la dernière fois où elle avait été si enthousiaste.

Elle mit la table dans la salle à manger et s'assura que tout était parfait pour le retour de ses filles. Ses beaux-parents arrivèrent à 11 h 57. Florence leur offrit un apéritif puis les remercia poliment, dans tous les sens du terme.

Une fois toutes les quatre, elles passèrent dix minutes à se câliner à qui mieux mieux. Ses puces semblaient ravies d'avoir profité de leurs grands-parents. Après avoir été en poste à Londres quand Charly était ado, ils avaient été mutés à Jakarta et terminaient actuellement leur carrière diplomatique en Italie. Les occasions de les voir étaient rares et précieuses pour les trois petites orphelines friandes d'anecdotes à la gloire de leur père. D'après Dorothée, l'hôtel où ils étaient descendus était « trop trop trop vraiment trop bien, maman ».

Elle avait cru bien faire en décidant de poursuivre leur vie quotidienne telle qu'elle était avant. Faire comme si Charly était toujours là, rester vivre dans l'appartement familial, reprendre son travail quelques jours après la crémation, remettre les filles à l'école, la crèche, la danse, les sessions à la médiathèque, recommencer à gronder pour les caprices, participer aux sorties scolaires, bref, faire comme si tout était normal. Excellente manière de survivre au séisme qui venait de déchirer le sol sous leurs pieds, mais une fois les secousses passées, leur monde entier ravagé, il fallait se réinventer.

La petite famille passa à table pour le déjeuner dominical. Charly avait toujours mis un point d'honneur à préparer ce repas hebdomadaire. Depuis la mort de son mari, elle avait jusqu'alors traîné chaque semaine leurs filles au restaurant ou chez des amis pour éviter coûte que coûte de se retrouver autour de la table familiale, sans lui, un dimanche midi.

Florence était bien incapable d'expliquer son déclic, mais elle ne pouvait ignorer ce drôle de sentiment. Depuis deux jours, elle était moins triste. Elle songea qu'elle devrait peut-être chercher sur Internet des renseignements sur les phases de deuil dont Marie lui avait parlé, mais elle préféra contempler ses filles engloutir le plat de lasagnes. Ce n'était peut-être que la conjonction de plusieurs facteurs, sa discussion avec Paddy, son premier week-end seule chez elle… ou son envie dévorante de réunir la bande.

Cela l'avait soudain prise en regardant ce sweat de basket de Charly, qu'elle portait pourtant depuis des mois. Réunir sa bande de lycée. Ce projet lui semblait une excellente manière de remonter en selle. Elle comptait bien le mener à terme. En mémoire de Charly, se disait-elle en caressant tendrement la photo de son mari nichée à l'intérieur de son médaillon.

Au moment de servir le dessert, Florence sourit à ses trois filles et les larmes jaillirent.

— Maman, pourquoi tu pleures ? s'inquiétèrent immédiatement ses trois amours d'une seule voix.

— Je suis émue, mes chéries, ne vous inquiétez pas. Ce sont des larmes de joie.

Il n'y eut que Dorothée qui comprit. Elle était l'aînée, mais aussi la plus sensible.

— On peut pas pleurer de joie ! s'esclaffèrent pour leur part Charlotte et Alice en cherchant l'approbation de leur grande sœur.

Bières et confidences

Marie était persuadée, à juste titre, que Camille serait en retard comme toujours. Elle fit donc un détour par l'épicerie pour acheter un pack de six bières citronnées et un paquet de cacahuètes. C'était l'heure de l'apéro après tout. Léon et Rita dormaient chez les parents de Richard, comme tous les mardis après l'école, et Camille lui avait dit que c'était « la semaine de Gustave ». Elle pourrait donc boire un coup avec elle et peut-être même qu'elles prolongeraient jusqu'au dîner. Leurs vies de femmes et de mamans ne leur permettaient plus d'improviser des sorties, a fortiori en pleine semaine. Ce soir-là, Marie avait besoin de décompresser. Son déjeuner avec Florence l'avait un peu chamboulée.

Avec son quart d'heure de retard de rigueur, Camille rejoignit enfin Marie. Au même endroit depuis toujours : le rebord de la statue du Sergent Blandan. Elles avaient grandi dans ce quartier, avaient eu leurs premiers appartements en colocation dans ces rues puis s'y étaient installées, à leur tour, avec mari et enfants. Leurs progénitures mettaient, à présent, leurs pas dans ceux de leurs mères en jouant après l'école, comme elles le faisaient au même âge, sur les graviers rouges de la place Sathonay après l'école.

— Dis-moi que je rêve ! Tu n'es pas en train de boire une canette de bière comme ça, tranquille, sur la place Satho ?

— Ça te choque ? lui demanda Marie en faisant mine de trinquer avec elle.

— C'est pas vraiment ton genre de picoler sur la place et… en milieu d'après-midi. Punaise, Marie, il est à peine 17 heures. Est-ce que j'ai des raisons de m'inquiéter ?

— Je suis en arrêt maladie.

— Déconne pas ! Qu'est-ce qui t'arrive ?

Le récit de Marie fut interrompu à maintes reprises par des « Non ! », « Arrête ! » et autres « Tu me fais marcher, là ? » de son amie.

— J'ai l'impression que je perds mon temps avec ce boulot.

— Ça te plaît plus ? Fais-toi muter. N'importe quel service serait ravi d'intégrer un profil comme le tien.

— Je le sais… Ce n'est pas ça, le problème. Pour être honnête, j'ai plus envie ! C'est pas un burn-out, crois-moi, un collègue en a fait un dans mon service il y a deux ans, c'était pas joli à voir. Mais, je ne sais pas trop… Disons que j'en ai marre ! Les années passent, mes enfants grandissent et moi, j'ai l'impression de stagner.

— Attends, tu délires ou quoi ? T'as conscience du poste que tu occupes ? C'était franchement pas gagné avec ton… passé.

— Ouais, je sais, j'ai pas fait d'études, bla-bla-bla, l'interrompit Marie, habituée à ce que Florence et Camille lui suggèrent de prendre des cours du soir. Je n'ai pas envie d'aborder le sujet encore une fois. Je m'en fous de ne pas avoir de diplôme. C'est pour ceux qui ont des choses à prouver aux autres, moi je m'en carre d'avoir mon nom sur un morceau de papier cartonné…

— Tu peux me rappeler où tu bosses déjà ? À l'université ?

— OK. Camille 1, Marie 0 !

— Au fait, ton déjeuner avec Flo s'est bien passé ? reprit Camille. J'aurais adoré vous rejoindre, mais j'étais coincée en réunion toute la matinée et ça a traîné jusqu'à 14 heures. Et puis, ces derniers temps, j'ai l'impression qu'elle m'évite. Tu crois qu'on pourrait organiser un dîner ou au moins un apéro ? Il faut qu'on crève l'abcès, toutes les deux. Que j'assume mon deuil de Charly, moi aussi, ajouta-t-elle d'une voix un peu plus basse.

Marie eut un sifflement admiratif.

— Ta psy a l'air de faire du bon boulot, dis donc ! Tu lui as expliqué que tu foutais ta vie en l'air depuis que t'avais perdu ton meilleur pote ?

— Non, pas eu besoin. Elle me harcèle pour que je lui parle de Charly.

— Laisse-moi deviner, tu ne dis pas un mot pendant toute la séance et tu te contentes de serrer les dents, un peu comme tu le fais là tout de suite, se moqua Marie tout en faisant mine de lui pincer la joue pour la dérider.

Camille tira la langue avant de grogner comme un chien en colère et de faire semblant de mordre la main de son amie.

— Je m'en rends compte, tu sais. J'envoie tout le monde promener depuis des mois. Sans parler de Gus, le pauvre ! Je lui en ai fait baver des ronds de chapeaux, si tu savais.

— C'est déjà bien que tu le reconnaisses. Tu lui as dit ?

— Dit quoi ? Que j'avais abusé et qu'il avait été super-patient ? Hors de question. De toute façon, on ne se sépare pas pour rien non plus. Ça faisait longtemps que cela n'allait plus entre nous.

— Et puis comme ça… T'es comme Flo, glissa Marie, consciente qu'elle venait peut-être de saborder ce chouette moment entre elles.

— …

— Laisse tomber, ma Cam ! botta-t-elle en touche avant de plonger la tête dans son sac pour sortir une seconde bière. À part ça, dis-moi comment ça se passe alors, ces cartons ? T'as besoin d'aide ?

— C'est l'horreur. On a amassé une quantité de merdes ces cinq dernières années, c'est édifiant. On a un peu de temps avant le début des travaux, mais plus tôt je m'y colle, plus vite j'ai rempli ma part du contrat.

— T'es sûre que ça ne t'ennuie pas que Gus emménage au-dessus de chez toi ? Pour le moment, c'est la séparation la plus cool qui soit, mais… enfin… quand vous ramènerez des amants, des coups d'un soir et autres futurs prétendants, ça risque d'être tendu si vous vous croisez dans l'ascenseur, non ?

— Vu sous cet angle, c'est sûr qu'on a encore des détails à régler mais… Enfin, tu sais, on présente ça comme une gestion super-moderne de la séparation. Le bien-être de notre fils en priorité. On fait genre les parents responsables : Louis a deux appartements mais dans le même immeuble, pas de valises à trimballer, pas de retard à la fin de la semaine quand il migre de chez Gus à chez moi, mais…

— Mais ?

— On n'a pas tellement d'autre solution. Si on vend l'appartement, on va perdre un max d'argent et pour moi, ce ne sera pas facile d'accéder à la propriété en tant que maman solo. Je n'ai pas de famille pour m'aider, aucun garant et encore moins d'apport pour un prêt. C'est Gustave qui a trouvé cette solution.

— Ce type est tellement prévenant. T'es sûre que vous en avez terminé, tous les deux ? Des hommes comme lui, ça ne court pas les rues.

— Je n'en sais rien. Tu vois, la quarantaine approche, et je ne sais pas pour toi, mais perso, ça me fait tout remettre en question.

— Tu parles à quelqu'un qui a dit « non » à son chef avant de quitter la salle de réunion en tirant sa révérence. Je te reçois cinq sur cinq !

— Je ne suis pas complètement ingrate. Je me rends compte de tout ce que fait Gus. J'ai beaucoup de chance dans tous mes déboires. Mari ou ex, c'est avant tout un homme super-compréhensif, patient… et conciliant ! C'est d'une grande élégance de proposer ça ! Il n'aurait pas eu de souci pour acheter un autre appartement, lui. C'est génial qu'il ait proposé de réunir et d'aménager les chambres de bonnes pour s'y installer.

— Je suis certaine que vous allez gérer tous les deux comme des pros.

— D'ailleurs, en parlant de ma préparation pour les travaux, en fouillant dans les cartons du grenier, j'ai retrouvé des dossiers !

— Tu me fais peur ! Genre dossier-dossier ou dossier-dossier ? plaisanta Marie en modulant sa voix pour marquer la nuance.

— Des photos, des agendas avec des petits mots… Oh ! et il y a même mon carnet de correspondance de seconde, j'ai reconnu ton imitation de la signature de ma grand-mère sur un mot de retard.

— Et ton projet d'art plastique de seconde ? Tu l'as toujours ? demanda Marie de but en blanc.

— Tu te souviens de ça ? s'étonna Camille. Il est certainement dans l'une des boîtes hermétiques où je conserve tout ce que j'ai filmé pendant des années. Tu parles bien du projet vidéo dans lequel je demandais aux gens quelle était leur vision du bonheur ?

— Aux gens ? la corrigea Marie.

— OK, j'ai essentiellement interrogé notre bande de copains mais à l'époque, j'avais l'intention d'en faire mon premier film documentaire. Je voulais interviewer des tas d'autres personnes et puis...

— Je crois que Florence a besoin de voir ces images, déclara Marie comme si elle détenait soudain la solution à tous leurs problèmes.

Elle se redressa et posa une main sur le bras de Camille.

— C'est ça que je devais te raconter ! Flo est en pleine quête spirituelle. Pendant notre déj, elle était en boucle sur notre bande du lycée. Je ne sais pas pour quelle raison, mais elle est persuadée que nous devons réunir tous les copains. Ce n'est pas une mauvaise idée, mais je te jure, elle était presque flippante. C'était comme une obsession.

— C'est une excellente nouvelle qu'elle ait un projet, peu importe lequel.

— Mais on se fait une bouffe tous ensemble avec les potes et puis quoi ? Le lendemain matin, elle se réveille et Charly est... toujours mort. J'ai peur que le contrecoup soit encore plus rude.

— Ce n'est pas anecdotique la bande pour elle et Charly. C'est là que tout a commencé entre eux... Et...

— Et quoi ?

— C'est aussi là que tout s'est brisé, marmonna Camille.

— Je ne te suis pas.

— Le soir où... Charly est... mort, nous étions chez Nico... Tu ne te souviens pas de notre discussion avant l'appel maudit ? Elle voulait réunir la bande. Nous, on n'était pas super-emballées parce qu'on trouvait que cela demanderait beaucoup de temps et d'organisation.

— Et son téléphone a sonné ! Putain, mais bien sûr ! Il faut qu'on l'aide ! s'exalta Marie. Flo entame son petit deuil !

— C'est quoi, ça ? Il y a un grand deuil et un petit deuil ?

— C'est un peu l'idée. C'est le terme pour parler de la deuxième année de veuvage. À l'époque…

— Quelle époque ?

— Eh ! Je ne suis pas Wikipedia non plus ! En gros, passée la première année, tu entres dans le petit deuil. Depuis que Charly est mort, j'ai dû lire au moins vingt bouquins sur le sujet. Je voulais trouver des pistes pour aider Flo et… toi aussi… Comprendre les phases que vous alliez traverser pour mieux vous accompagner.

— Tu ne changeras jamais ! Tu veux toujours aider tes amis. Et toi ? Tu n'es pas en deuil peut-être ? Il te manque aussi, n'est-ce pas ?

— Oui, mais c'est différent. Je ne suis pas dans la même équipe que vous sur ce coup.

— Explique, Docteur Freud…

— Quand quelqu'un meurt, il y a deux types d'endeuillés : ceux qui savent que ce sera long et douloureux, mais que le chagrin se dissipera peu à peu et… ceux pour qui, dans un premier temps, il s'agit avant tout de survivre à la perte.

— Dis donc, mais il n'y a pas que des conneries dans les bouquins que tu lis.

— Merci pour les compliments, mais l'idée est de moi.

— Oups ! dis Marie, tu me jures que Flo n'a rien dit de mal à mon sujet pendant votre déjeuner ? J'ai l'impression qu'elle m'évite en ce moment.

— Elle te le dira elle-même. Elle doit t'appeler pour te faire part de son projet de réunion de la bande. Elle m'a demandé de l'aide et je lui ai dit que ce serait plus facile si on s'y collait toutes les trois.

— Cool ! Bon, on dîne chez toi ou chez moi ?

Un vendredi soir sur la Terre

Florence a abattu cette semaine un boulot monstre. Elle tenait à ce que ses dossiers soient bouclés pour pouvoir se consacrer à son « plan d'attaque », avec l'aide de ses amies. Après son déjeuner avec Marie, elle avait appelé Camille dès le lendemain et elles étaient convenues de passer le week-end ensemble toutes les trois. Richard et Gustave gardaient leurs enfants. Faute de mari vivant, Florence avait confié ses filles à son frère Nicolas pour les deux jours.

Vendredi, 16 h 45, sortie d'école.

Florence serra ses filles contre son cœur. Elle leur souhaita un bon week-end en famille chez leurs grands-parents. Marjolaine avait demandé (imposé) à son fils de lui amener les enfants. C'était Auguste, le père de Florence, qui était de corvée de transport.

— Tu la connais, impossible de lutter quand elle a une idée dans la tête. « Ils seront quand même mieux ici, avec la piscine et la clim. Tu t'imagines en ville avec cette chaleur ? Tu ne vas pas errer dans des jardins publics avec mes cinq petits trésors », parodia Auguste, voix haut perchée et ton réprobateur pour parfaire l'imitation de sa femme.

— Tu t'améliores d'année en année, papa !

Avant de partir avec les prunelles de ses yeux, si tant est que l'on puisse avoir trois yeux, le père de Florence promit à sa fille d'envoyer des nouvelles toutes les heures. Il savait qu'elle prenait sur elle pour le laisser emprunter le périphérique en voiture, avec ses trois princesses à bord.

— Ton frère amène ses enfants, ils vont s'éclater entre cousins. Ne te fais pas de souci et profite de ton week-end avec Camille et Marie. Salue-les de ma part !

Florence regarda la voiture de son père tourner sur le quai de Saône. Elle marcha cinq minutes depuis l'école où il avait récupéré ses petites avant de tomber sur Cam et Marie qui l'attendaient, fébriles, à la terrasse du pub juste en bas de son immeuble.

À peine arrivée dans l'appartement, la propriétaire des lieux faussa compagnie à ses amies pour prendre une douche et enfiler une tenue confortable. Lorsqu'elle les rejoignit, elles avaient posé trois verres à pied sur l'îlot de la cuisine, une casserole mijotait sur le feu, Marie coupait des poivrons et Camille ouvrait une bouteille de vin rouge.

— Je rêve de gagner au Loto. Bon, ça ne risque pas d'arriver parce que je ne joue jamais, mais, je vous jure, je ferais n'importe quoi pour ne plus avoir à retourner bosser, lança Marie.

— Mais tu étais contente de ton poste. Qu'est-ce qui a bien pu se passer pour que tu ne puisses plus le supporter ? demanda Florence.

— Je n'en ai pas la moindre idée. Peut-être que je me suis plantée complètement. Depuis quelque temps, je n'arrête pas de me dire que je passe à côté de ma vie. Le temps file et je crois que je ne fais pas ce que j'ai envie de faire.

— C'est quoi, le dicton déjà ? demanda Cam. On perd sa vie à la gagner ! Voilà c'est ça ! Tu sais quoi, ma Marie, moi aussi j'ai cette impression surtout depuis...

Camille s'interrompit comme si elle avait reçu une décharge électrique, mais Marie l'encouragea d'un regard à terminer sa phrase.

— Depuis que, enfin... depuis que Charly est mort, finit-elle par cracher. Je suis désolée de dire ça. Pardonne-moi, ma Flo.

— Mais enfin, t'es con ou quoi ? répliqua son amie du tac au tac. T'es désolée de quoi ? Parle de Charly, bordel ! Arrête de t'étouffer toute seule dans ta peine.

Camille chercha ses mots mais rien ne vint. Elle prétexta un SMS urgent à envoyer pour aller récupérer son téléphone portable dans le salon. Elle avait à peine quitté la pièce que Marie chuchota à Florence ce qu'elle savait déjà. Camille ne parvenait pas à commencer son travail de deuil.

Florence se mordit les lèvres, elle était consciente d'y être allée un peu fort. Elle non plus ne savait pas comment aborder le sujet avec Camille. C'était d'autant plus compliqué qu'elles se connaissaient depuis l'école primaire et étaient jusqu'alors persuadées qu'elles pouvaient se parler de tout.

Comme toujours, Marie temporisa au retour de leur amie dans la cuisine. Elle se racla la gorge avant de s'adresser à Florence.

— T'as été un peu rude, là !

— Je sais et je m'en veux. C'est sorti tout seul. Je te présente mes excuses, Cam. J'ai été maladroite mais je n'en pense pas moins.

— Excuses acceptées.

— Ça se passe comment, alors ? poursuivit Marie. On fait comme avant ? Avant Charly ? On se parle comme les amies que nous sommes, on se rentre dedans, on ne prend pas de gants, on ne craint plus de se blesser ou d'y aller un peu fort ?

— Comment ça ?

— Depuis que ton mari est mort, tu te plains que tout le monde te prend avec des pincettes, que personne n'ose plus être naturel avec toi, mais... personnellement j'ai essayé une fois ou deux de faire comme si de rien n'était et tu m'as envoyé sur les roses. Je n'ai pas demandé mon reste, crois-moi.

— On redevient comme avant. Je ne veux plus que vous me considériez comme une petite chose fragile, ça me...

— ... fragilise ? tenta Marie fort à propos.

Florence s'excusa, Camille s'excusa, Marie se moqua un peu. Elles trinquèrent, dînèrent, trinquèrent à nouveau. Il faisait de plus en plus chaud dans l'appartement, il était grand temps pour elles d'aller prendre l'air.

D'un commun accord, Camille et Marie avaient décidé d'attendre que Florence mentionne d'elle-même le projet « réunion de la bande ». Elles attendaient de voir si leur amie était toujours motivée. Si d'aventure, elle était passée à autre chose, elles se garderaient bien de remettre le sujet sur le tapis.

Elles s'étaient également accordées sur le fait de ne pas aborder les raisons pour lesquelles cette réunion lui tenait tellement à cœur. Si elle avait fait le lien et que son souhait était de reprendre là où tout s'était arrêté le jour où sa vie était partie en morceaux, elles l'aideraient. Si elle ne l'avait pas fait, elles l'aideraient tout autant.

À vrai dire, elles étaient trop heureuses de la voir enthousiaste et motivée. Peu importaient les raisons, elles l'aideraient !

Il y avait du monde autour de la statue sur la place et tous les bancs étaient occupés. Elles décidèrent de monter au jardin des Plantes, à une cinquantaine de mètres de là.

Elles gravirent la moitié des marches qui bordaient la mairie et qui conduisaient à l'espace vert lorsque Florence s'arrêta soudainement. Elle demanda à ses deux amies de l'attendre tandis qu'elle consultait les bans publiés.

— Personne qu'on connaît ! regretta-t-elle.

— Pourquoi, tu regardes souvent ce panneau ? Tu vérifies qu'aucune de tes connaissances ne se marie sans t'inviter à la noce ? s'étonna Marie, un brin moqueuse.

— Non. Je ne sais pas pourquoi j'ai fait ça. Dites, vous savez à quoi je pense là tout de suite ?

— Bien sûr ! Moi aussi, j'y pense à chaque fois que je prends cet escalier. Une certaine journée glaciale de mai 2002 où Charly et toi avez descendu ces marches depuis la salle des mariages pour la première fois en tant que M. et Mme Brun, s'empressa de répondre Marie.

— T'es toujours jalouse de ne pas avoir été témoin ? la charria Camille. On ne pouvait être que deux ! Donc c'était Nico +1, à savoir, la personne qui les a présentés l'un à l'autre, c'est-à-dire moi, conclut-elle avec un grand sourire triomphant.

— Ce n'était qu'une histoire de jours. Je te rappelle que Charly était dans notre classe avec Nico. Tout le monde se serait rapproché à un moment ou un autre. C'était écrit ! rétorqua Marie en faisant semblant de faire la moue.

— Vous avez fini ? se marra Florence. Je ne pensais pas à mon mariage. Vous savez, je pense à Charly presque tout le temps, mais pas TOUT le temps. J'ai eu un flash de la fois où on faisait les folles en redescendant de la coloc des garçons quand…

— … quand tu t'es éclatée par terre ! enchaîna Camille en riant. Oh, mon Dieu, j'avais oublié ça ! On t'avait forcée à mettre le nez dehors parce que tu t'enfermais depuis des semaines pour réviser ta soutenance de…

— … de mémoire, poursuivit Florence. Se péter les dents de devant deux jours avant mon grand oral, c'était vraiment pas de chance !

— J'ai cru que t'allais plus jamais nous adresser la parole.

— Il y avait de quoi !

Les trois amies s'assirent sur les marches pour reprendre leur souffle.

— Après les urgences, on t'a raccompagnée chez toi, se remémora Camille. On a passé deux jours à te rassurer sur ton élocution. Tu bavais comme un bébé qui fait ses premières dents et nous on te faisait croire en mentant effrontément que ça s'entendait à peine. « Fe fais fous frésenter les fionniers du freet arf à Noufork. Les quoi ? Les faux-nez du fritard à Nouforques ? »

— Les pionniers du street art à New York ! Espèce de pestes ! hurla Florence en faisant mine de donner des coups sur la tête de ses amies qui se protégeaient en battant des bras dans tous les sens.

— N'empêche que ça s'est bien passé. T'as eu une super-note si je me souviens bien et deux jolies dents parfaitement alignées implantées dans la semaine.

— Dites… euh… À propos d'art, je voulais vous parler de quelque chose, se lança Camille. J'ai retrouvé des vidéos de nous… Flo, tu te souviens de ma tentative avortée de devenir Michael Moore ?

— Ton projet d'art plastique sur le bonheur ? J'aimerais tellement nous revoir à… Quel âge on avait ?

— Seize ans ! C'était en fin de seconde, répliqua Camille, flattée que son amie se souvienne de son travail.

— On les regarde quand ? s'enthousiasma Florence en se levant d'un bond. Il n'y a personne chez toi ? On va se poser tranquillement dans ton salon pour réfléchir au plan d'attaque de notre mission retrouvailles et on en profite pour regarder tes vidéos du lycée. Ça vous dit ?

Marie et Camille échangèrent un coup d'œil complice.

— Allez ! insista Florence. J'ai tellement envie de nous revoir jeunes et belles et…

— … enthousiastes ! la coupa Camille.

— …

— Enfin, on n'était pas forcément plus heureux qu'aujourd'hui – bien sûr, je ne parle pas de maintenant avec le deuil et tout, mais… je suis prête à parier que ce que l'on va trouver sur mes bandes, c'est avant tout notre foi en l'avenir qui suinte de nos pores comme du sébum d'ado. Dans nos yeux, à l'époque, il y avait…

— … du temps ! On avait le temps, l'interrompit Florence. Depuis la mort de Charly, j'ai compris que c'est la seule variable que l'on ne maîtrise pas.

— Bon, en parlant de temps, on y va ? demanda Marie.

Les amies levèrent le camp sans passer par le jardin des Plantes. En redescendant l'escalier de la mairie vers la place Sathonay, Camille leur fit remarquer que l'endroit ne changeait pas ; en dépit du temps et des modes, les jeunes (et un peu moins jeunes dont elles faisaient à présent partie) continuaient de s'installer sur les pelouses pour célébrer chaque fin de semaine.

— J'ai l'impression que nous étions là, à faire les folles avec toute la bande, sur ces mêmes pelouses, il n'y a pas si longtemps, marmonna-t-elle.

En guise de réponse, Marie et Florence entonnèrent « Hier encore » de Charles Aznavour tandis que leur amie boitillait derrière elles.

— Enfin, pas vraiment hier ! Parce que là maintenant, tout de suite, j'ai l'impression d'avoir quatre-vingt-dix ans. Ma sciatique me tue. Je n'aurais pas dû rester assise sur les marches si longtemps, j'ai super mal aux fesses.

Florence et Marie braillèrent à l'unisson :

— Où sont-ils à présent, à prééééésent, meeeees vingt ans, tadada dadada da da !

En arrivant à l'appartement de Camille, elles décidèrent qu'il était temps de laisser l'alcool de côté et de passer à la tisane. Sans prendre la peine de lui demander, Marie fila droit dans la chambre de son amie pour se changer. Elle piqua dans le placard un legging et un T-shirt large, abandonné par Gus. Elle prit également un pyjama pour Florence et attrapa la chemise de nuit de leur hôte posée au pied du lit. En passant devant la salle de bains, elle récupéra des produits démaquillants. Les bras chargés, elle retrouva ses amies sur le canapé dans le salon. Camille tenait une minuscule télécommande dans les mains.

— On dort ici ? demanda Marie.

— Sauf si tu veux traverser le quartier en pantacourt et T-shirt du Tour de France et sans make-up. Je vous invite avec plaisir à profiter du nouveau « lit de grand » de Louis et de ce charmant canapé tout confort, plaisanta Camille en imitant une présentatrice de téléachat.

— Il est presque minuit, on veille là, non ? Je ne me suis plus couchée si tard depuis…

— Ma Flo, j'admire ta capacité à t'endormir partout et en toutes circonstances depuis toujours. Personnellement, depuis que je suis en arrêt, impossible de fermer l'œil avant une heure du matin. Je ne vous dis pas le matin pour amener les enfants à l'école, j'ai une tête de déterrée.

— Ta voisine ne les récupère plus ? demanda Florence.

— Depuis le congé maladie, on ne fait plus l'alternance des trajets. C'était pratique qu'elle prenne les miens avec les siens le matin et que je ramène tout ce petit monde le soir jusqu'à notre immeuble, mais… Depuis la semaine dernière… disons que je n'ai pas grand-chose à faire de mes journées. Les déposer à l'école, au moins, ça me donne un prétexte pour mettre le nez hors de chez moi. J'ai proposé d'assurer les trajets du matin et du soir avec nos quatre enfants. La Sophie, ça l'arrange bien que je sois au fond du gouffre, croyez-moi !

— Marie, tu ne peux pas rester comme ça ! Soit, tu démissionnes pour de bon et tu trouves ce que tu as envie de faire, soit tu… enfin, ON te rebooste un bon coup et tu reprends tes fonctions, mais tu ne peux pas te laisser couler. Sauf, bien sûr, si tu as envie de rester femme au foyer. C'est une option non négligeable. Quand j'ai arrêté de bosser à la naissance de Charlotte, j'étais super-heureuse. Je pouvais prendre le temps, profiter des filles…

— Flo, tu sais, toi et moi, nous ne sommes pas exactement dans la même situation financière. Je dois travailler. J'ai pensé à un mi-temps pour moins tirer sur la corde et envisager une reconversion, mais on a un gros crédit sur le dos avec Richard… enfin, bref ! Changeons de sujet ! Je n'ai pas du tout envie de parler de ça maintenant.

— On les regarde, ces vidéos ou bien ? demanda Camille.

Les bandes étaient en parfait état. Les interviews avaient été tournées en plans-séquences. Camille n'avait jamais procédé au montage de ses enregistrements, technique réservée à l'époque aux professionnels. Chaque entretien durait entre cinq à quinze minutes. Leur bande de copains comptait six filles et six garçons. Il y en avait donc douze, une par personne. La question, à présent, était de savoir par laquelle commencer. Marie proposa de démarrer par les leurs et Florence approuva.

— Moi, j'aimerais bien regarder celle de Charly en premier, objecta Camille.

— Ah… euh… bah, qu'est-ce que tu en penses, Flo ? demanda Marie.

Pour toute réponse, Florence sourit à ses amies. Elle était d'autant plus heureuse que c'était la première fois que sa meilleure amie parlait de Charly sans hésiter ou bégayer.

Camille introduisit dans sa caméra la cassette HI8 sur laquelle était inscrit « Bonheur 1 ». Elle se souvenait que Charly avait été le premier à passer sous le feu de ses questions. Elle fit un bond sur le canapé en manquant de se briser le cou. Debout sur l'assise, un pied sur l'accoudoir, telle une pirate partant à l'abordage, elle demanda à ses amies si elles étaient prêtes pour leur voyage dans le temps. Elles rirent comme des gamines et Camille appuya enfin sur la petite flèche du bouton « Lecture ».

21 juin 1996 – Charly : « Le bonheur, ça ne se filme pas ! »

Il a dix-sept ans, les cheveux mi-longs et légèrement ondulés. Il les coince derrière les oreilles la plupart du temps d'un geste délicat qui fait craquer Florence. Lorsqu'il fait du skate ou joue au basket, il les noue en demi-queue, avec un élastique rose fluo qu'elle lui a donné la première fois qu'elle l'a accompagné au stade. Il ne sait pas véritablement s'il est beau, mais a conscience de son charme. Son sourire est impeccable, son nez droit, ses lèvres épaisses. Parfois ténébreux puis soudain solaire.

Il est plus ou moins minuit. Ils ont tous escaladé le mur d'enceinte pour se mettre à l'abri des violents orages qui s'abattent sur la ville. Pour le moment, il ne pleut plus mais le ciel reste menaçant. Il fait sombre, quelques réverbères au loin tamisent l'ambiance nocturne. Charly est assis en tailleur à même le sol humide du stade de leur lycée. Ils se sont installés avec Camille à une dizaine de mètres de leur groupe d'amis. On ne distingue pas clairement les propos de la bande au loin, mais des rires fusent ici et là.

— OK, on est bon. Ça tourne !

Charly recrache l'épaisse fumée de sa cigarette roulée en direction de la caméra de Camille. L'image se noie dans le brouillard quelques instants avant de laisser réapparaître son visage goguenard, fier de sa blague d'ado.

« Bon, Charly, est-ce que tu peux me dire ce que c'est le bonheur d'après toi ?

— Le bonheur, hum… c'est Flo, mon bonheur ! Allez, on peut rejoindre les autres, plaisante le garçon en faisant semblant de se lever.

— Non, déconne pas ! Je veux vraiment qu'on reste sérieux, il y en a pour cinq minutes si on ne fait pas les cons. C'est bon pour toi ? »

Comme toujours le jeune homme lui répond par une autre question.

« Je te dis tout ce que tu veux savoir si TOI, tu me dis pourquoi tu tiens autant à le savoir.

— …

— C'est quoi, cette nouvelle obsession ?

— Ce n'est pas une obsession ! Bon, on peut revenir à nos moutons, là ?

— Le bonheur ? Mais Cam, ça ne se définit pas, un truc comme ça… ça ne se documente pas… pas plus que ça se filme d'ailleurs ! Le bonheur, c'est être en vie, avoir envie ! Tu ne peux pas le saisir ou le capturer. Regarde la bande ! Regarde nous ! Il est là, le bonheur. »

Durant les vingt ans que dura leur amitié, elle fut nourrie de fous rires et de discussions plus sérieuses. Ils aimaient débattre tous les deux et encore plus se chamailler. Ils défendaient presque toujours la même idée, mais avec des mots différents et cela leur permettait de partir dans des envolées lyriques qui n'amusaient qu'eux deux. Flo, Marie, Nico ou les autres, il y en avait toujours un pour leur dire d'arrêter de se crier dessus. Des milliers de fois, ils avaient répondu en cœur : « On ne se diSPute pas, on diSCute ! »

« J'abandonne ! Je n'y arriverais jamais. Tant pis pour toi ! Quand mon film recevra un césar, un oscar même, soyons fous, tu seras le seul de la bande à ne pas être dedans et tu t'en mordras les doigts, plaisante Camille en lui donnant un petit coup dans l'épaule au moment où il passe devant sa caméra. Tu m'envoies Martin, steupl !

— J'y vais de ce pas, Louis !

— Louis ?

— Louis Lumière, ha ha ha ha ! C'est pas toi qui as inventé le cinéma ?

— Putain, mais ce n'est pas possible d'être aussi con ! lâche Camille avant d'éclater de rire.

— Con, mais, poursuit Charly en imitant la voix d'un présentateur de JT, con, mais… heeeureuuuux ! Finalement, le bonheur, c'est peut-être de laisser sa connerie s'exprimer.

— Un imbécile heureux, voilà ce que tu es ! lui lance la jeune fille. Fous-moi le camp et envoie-moi Tintin, please ! Et dis-leur de faire moins de bruit, on va rameuter le gardien ou pire le dirlo. On n'est pas censés être là, faudrait se faire discrets. »

Le jeune homme, habillé d'un jean trop large et d'un débardeur gris s'éloigne avant de faire demi-tour.

« Dis, Cam, c'est pas le moment, mais… je peux te poser une question à mon tour ?

— Je sais pas trop. Je te rappelle que je viens de passer dix minutes à essayer d'obtenir une réponse de ta part sans succès.

— Tu penses aussi que la bande, Flo et moi, Nico, Marie et les autres, c'est pour toujours ? Qu'on sera amis pour la vie ?

— Tu l'as dit, bouffi ! Et s'il y a bien une chose que je peux graver dans le marbre, c'est que Flo et toi, c'est à la vie à la mort !

— Putain, parfois, j'imagine si elle me quittait, je crois que j'en crèverais. J'te jure, je ne pourrais plus jamais vivre sans elle. Je l'aime tellement.

— Va le dire à l'intéressée au lieu de me raconter ça à moi ! »

L'image noire laisse la place à une petite séquence où l'on devine des jeunes gens en train de s'amuser. Camille filme depuis l'endroit où elle est assise. Quelques tintements de bouteilles de bière, des nuages de fumée, certains plus épais que d'autres et des vannes, des rires, jusqu'à ce que l'apprentie cinéaste interpelle la bande :

« Hé ! Ho ! tout le monde ! Vous me faites un coucou par ici ! Dites bonjour à la caméra si vous voulez passer à la postérité. »

La bande s'interrompt pour saluer l'objectif. Florence appelle Camille pour qu'elle les rejoigne, Martin se dirige vers elle en faisant un signe de la main et Marie exécute un saut de chat gracieux, mais hors de propos que Nico tente de saborder d'un discret croche-patte.

Dans le salon de Camille, les trois amies peinaient à revenir en 2016. Cette dernière se leva pour éteindre la caméra. Florence dissipa le malaise.

— Merci d'avoir conservé ces images de Charly. Je suis heureuse de l'avoir entendu me dire qu'il m'aimait une fois de plus. Je peux bien relire les lettres, les SMS et les Post-it sur le frigo, mais c'est du réchauffé. Celui-ci je ne l'avais jamais entendu.

— …

— Bon, s'il vous plaît, on regarde une autre interview maintenant… Je ne veux plus vous voir avec vos mines de chiens battus, je n'en peux plus de vos têtes désespérées. Comment on procède ? On regarde les nôtres ou on se les fait dans l'ordre des bandes ?

— Sauf ton respect, mon pote, reprit Camille à l'attention du fantôme imaginaire de Charly, j'ai eu mon compte pour ce soir. Je ne suis pas sûre d'avoir envie d'en regarder plus.

— Ça vient de là alors le nom de la bande ? C'est Charly et toi qui l'avez trouvé ? demanda Marie.

— Précisément ce jour-là, oui ! « Les Imbéciles Heureux » ! Ça nous allait comme un gant, non ?

— Tu m'étonnes ! On était débiles, mais tellement pleins… d'entrain… de… d'espoirs ! Bref, on était jeunes !

— Marie, tu crois vraiment ça ? s'enquit Florence d'un ton sérieux qui contrastait avec l'ambiance bon enfant de la soirée. Moi, je ne crois pas que ce soit une question d'âge. Regardez ma grand-mère Jeanne, elle pensait que sa vie était terminée en arrivant dans sa résidence pour vieux. Quelques mois plus tard, elle a un mec, des potes et elle voyage plus que toi et moi. Sans parler de son ami qui a commencé sa carrière de crooner à quatre-vingts piges. C'est ce que dit Charly dans son interview, et du haut de ses dix-sept ans il avait raison : tant que t'as l'envie et que t'as des projets, alors tu es vivant. Le reste, je crois que c'est dans la tête. Comme chantait notre Johnny national : « Qu'on me donne l'envie » !

— Dans la tête et dans le porte-monnaie aussi ! précisa Camille. Moi, si j'avais les moyens de tout recommencer, je veux dire les moyens financiers avant tout, je réaliserais des films, des documentaires comme je rêvais de le faire quand on était des Imbéciles Heureux. Mais il y a mon fils, le crédit, les factures…

— C'est sûr, confirma Marie.

— Tu ferais quoi, toi ? Je veux dire, si comme Cam le dit, tu n'avais pas à travailler pour gagner ta croûte. Imaginons que vous puissiez faire ce qui vous fait vibrer, ce serait quoi ? Je ne parle pas de s'acheter plein de trucs ou quoi, non ! Si vous aviez de quoi financer vos rêves, qu'est-ce que ce serait ? Parce que moi, même si je n'avais plus à travailler jusqu'à la fin de mes jours, je ne vois pas ce qui me rendrait ce bonheur, avoua Florence en montrant l'écran de télévision sur lequel les vidéos de leur jeunesse attendaient d'être visionnées.

— Je n'en ai pas la moindre idée, déplora Marie.

— Dans mon cas, faire un film, des films, c'était un rêve de gosse, avoua Camille. Je ne sais pas comment j'ai fait au juste pour atterrir là où je suis.

— Mais tu peux encore les faire, tes films ! s'emporta à nouveau Florence.

— Oui, dans le fond, je pourrais bosser le soir et les week-ends après mon « vrai travail » et réaliser des films jusqu'à ce que, peut-être, un jour, il y en ait un qui me permette de me faire connaître et de vivre exclusivement de ça, mais…

— C'est toi qui vois ! Mais je trouve dommage que tu passes tes journées au boulot à tout mettre en œuvre pour que d'autres concrétisent leur rêve.

Un court silence s'installa. Marie, qui se sentait également concernée par la question de la vocation, en profita pour changer adroitement de sujet.

— Bon les filles, on a une bande d'Imbéciles Heureux à réunir, non ?

Camille acquiesça. Elle attrapa son ordinateur portable sur la table basse et le lui tendit. Dans son sac à main, elle se saisit de sa tablette et d'un petit carnet qu'elle donna à Florence.

— Pourquoi vous avez les objets connectés et moi le papier ? Je n'ai pas le droit d'être au XXIe siècle, moi ? se plaignit cette dernière.

— Marty Mc Fly, tu restes dans le passé ! se moqua Camille. Si tu veux bien te donner la peine d'écrire en haut de la feuille « Les Imbéciles Heureux » avec nos noms. Ce sera le super-pied de les rayer au fur et à mesure de nos avancées.

— Ouais, youpi ! Le SU-PER-pied ! répéta Florence d'un ton moqueur, tout en obtempérant.

Nicolas

Depuis le lycée, Nicolas les appelait « ma sœur et ses sœurs ». Un soir, à l'heure de passer à table, son père lui avait demandé d'aller chercher Florence et ses deux meilleures amies dans le jardin : « Va dire à ta sœur et ses sœurs que le dîner est servi. » La formule était restée.

La veille en déposant ses enfants chez ses parents pour qu'ils rejoignent leurs cousines, Nicolas avait décidé de rester dormir chez ses parents.

Tout le monde était couché depuis longtemps. Il n'arrêtait pas de tourner dans tous les sens dans son lit. Il ralluma la lampe de chevet pour bouquiner, mais rien à faire, il ne parvint pas non plus à se concentrer sur son polar. Il regarda l'heure sur son téléphone portable. « Vous avez 3 nouveaux messages. » Florence lui demandait s'il dormait, puis s'il pouvait la rappeler, avant de carrément lui ordonner de se réveiller et de les contacter au plus vite. En lisant le dernier message, il jugea le ton inquiétant et enfila un pantalon pour aller téléphoner sur la terrasse. Il comptait en profiter pour fumer une cigarette. Tant pis, il essaierait d'arrêter la clope une autre fois.

Il était en train de chercher un briquet dans le tiroir de la cuisine quand il reçut un quatrième texto :

> Tu peux nous préparer une liste des potes de la bande avec qui tu as gardé contact, stp ? Et surtout RAPPELLE, BORDEL !

Il comprit que sa sœur et « ses sœurs » étaient certainement bourrées. Bien qu'agacé qu'elles le dérangent en pleine nuit pour des broutilles, cela lui faisait un bien fou de savoir Flo avec ses copines à concocter des plans dingues dont elles avaient toujours eu le secret. Peu importait l'heure, il était ravi d'avoir décelé de l'enthousiasme dans ses messages. Se pourrait-il qu'elle aille enfin un peu mieux ? Il prit sur lui. De toute façon, son cerveau réclamait sa dose de nicotine.

Il n'était pas loin de trois heures du matin quand il la rappela. Il serait plus juste de dire quand il LES rappela d'ailleurs. Elle le mit sur haut-parleur et comme à leur habitude, elles parlèrent toutes les trois en même temps. Il se demandait comment elles faisaient pour communiquer comme ça depuis… toujours. En passant du coq à l'âne, en se coupant la parole sans cesse, terminant les phrases des autres, le tout sans jamais perdre le fil.

— J'espère au moins que vous avez l'excuse de l'alcool pour me harceler en pleine nuit ! lança-t-il en guise de bonjour.

— Même pas ! lui répondit sa sœur. Enfin, on l'avait, mais depuis le temps, on a dessoûlé. Ça va ? Et les filles ? Maman était contente de les voir ? Elles n'ont pas mangé n'importe quoi, j'espère ?

— C'est quoi l'urgence alors ? demanda Nico sans prendre la peine de répondre aux questions de sa sœur qui, de toute manière, ne lui en aurait pas laissé le temps.

— On était en train de visionner un vieux projet vidéo de Camille. Dessus, il y a toute la bande et on parle de notre vision…

— … du bonheur, l'interrompit le frère grognon.

— Tu t'en souviens ? s'étonna la documentariste contrariée. Depuis tout ce temps ?

— Carrément ! Tu sais, Camille, que j'y ai même souvent repensé à ton truc.

— Mais moi, c'est pareil, Nico ! s'enflamma Marie.

— Ça me fait super-plaisir ! Je croyais que… enfin… Merci, ça me touche.

— Tu vois ! Qu'est-ce qu'on te disait ! répliqua Florence en parlant bien trop fort dans le micro du téléphone. Marie et moi, on lui a dit exactement la même chose. Ce projet de lycée, moi aussi, il m'est arrivé d'y repenser. Ça nous a tous marqués à vie !

— Je ne sais pas si on peut aller jusque-là, tempéra Nicolas, mais… je serais ravi de visionner ces bandes.

— À une condition, intervint sa sœur, tu nous aides à réunir tout le monde ! Ça fera vingt ans à la fin du mois qu'on a escaladé le mur du lycée pour tourner ces interviews. C'est l'occasion idéale de faire un bilan. Tous ensemble !

— Euh… Vous planez un peu, là, les filles. Vous êtes certaines de ne plus être bourrées ? Vous voulez réunir la bande en…

Il vérifia la date sur son téléphone. Il se devait d'être précis dans ses propos puisque, apparemment, il était le seul à avoir les idées claires.

— Nous sommes donc le 4 juin. Je n'ai pas une super-mémoire d'ordinaire, mais je ne peux pas oublier la date du tournage de ces vidéos parce que, disons que… nos parents nous en parlent encore aujourd'hui. « Vous vous rendez compte ? Vous faire arrêter par la police comme de vulgaires racailles ! Vous avez mis la honte sur tous les Legaud. MES enfants, les premiers de la famille à effectuer une garde à vue, j'en suis pétrifiée ! Votre tante Martine va s'en donner à cœur joie. »

— Tu imites trop bien votre mère, Nico, le complimenta Marie.

— Bref, c'était le soir de la fête de la musique, le 21 ! poursuivit-il en jetant un rapide coup d'œil derrière lui au cas où maman Legaud aurait eu la mauvaise idée de pointer son nez à ce moment-là.

— On sait tout ça, Nico ! C'est pour ça que ça urge. On a pile-poil dix-sept jours. Alors puisque tu es réveillé, on n'a qu'à commencer à faire la liste, lui demanda sa sœur de sa voix de petite fille, celle à laquelle elle savait qu'il ne pouvait rien refuser.

— Vous êtes barges ! Foutez-moi la paix. Je vous appelle demain, enfin tout à l'heure puisque c'est bientôt l'aube ! Et tâchez de dormir d'ici là !

Ces petites pestes étaient écroulées de rire. À leur âge, entendre Nicolas leur demander d'aller se coucher leur paraissait lunaire. Juste avant de couper la communication, il entendit l'une d'elles l'imiter : « Et tâchez de dormir d'ici là, gnagnagna », et sa sœur de faire remarquer qu'il ne devait pas rester trop longtemps chez leurs parents, ça le rendait vieux jeu. Non, non, rien n'a changé…

La nuit fut brève tant pour les trois amies que pour Nicolas. Leurs souvenirs de jeunesse ressurgirent dans chacun de leurs rêves. Charly y était omniprésent.

J -17

Florence, Marie et Camille avaient dormi par intermittence. Il y en avait toujours eu une ou deux pour poursuivre les recherches.

Nicolas de son côté ne traîna pas longtemps au lit, ce matin-là. Dans la cuisine, sa mère lui apprit que les enfants étaient encore couchés. Il n'en croyait pas ses oreilles. Un samedi matin, un jour sans école, et ils ronflaient comme des bienheureux ! Habituellement, les petits se levaient aux aurores. À croire que les gosses ont tous une horloge intégrée, programmée pour qu'aucun parent au monde ne fasse une grasse matinée durant le week-end. En buvant son café, il prit connaissance de ses SMS : une floppée de messages de sa sœur. Elle l'avait tenu informé des avancées de leurs recherches au fur et à mesure qu'elles avaient progressé. Le bilan de leur nuit blanche n'était pas mauvais pour un coup d'essai. Son téléphone sonna alors qu'il prenait connaissance du dernier SMS. Il se fit la remarque qu'elles étaient en train de perdre la boule avec cette histoire de réunion des anciens. Il était à peine 8 h 30, elles avaient l'air complètement démentes, parlaient d'une seule voix dissonante et avec le débit de parole de Julien Lepers dans le quatre à la suite.

— Vous n'avez pas dormi ? demanda Nicolas, certain de connaître la réponse à sa question.

— Ce n'est pas le sujet ! le rembarra Marie.

— Si un peu, parce que j'ai l'impression de parler à trois toxicos en manque.

— C'est toi, le toxico ! répondit Camille.

— Si j'ai bien suivi le fil de vos trois cents mille SMS, vous avez envoyé un message à Martin *via* son Facebook...

— Yep ! l'interrompit sa sœur. Il vient de nous répondre. Il nous a donné son numéro de portable pour qu'on le contacte. On a aussi trouvé le mail de Lolo. Ça va se faire, Nico ! On va y arriver.

— Faut juste qu'ils soient tous dispo le 21, mais bon...

— Arrête d'être négatif, Nico, bordel ! ordonna Marie. Il y a aussi Mélanie qui devrait nous répondre. Je lui ai envoyé un SMS. Je ne me souviens plus si je t'ai dit qu'on s'est retrouvées par hasard, l'année dernière. Nos enfants s'entraînent dans le même club.

— Bon, alors bilan de votre nuit de folie : nous quatre plus Martin, Lolo et Mélan. Il manque Séb, Sandra, Coco et Samira.

— Parce que toi, de ton côté, tu n'as plus de contact avec personne ? demanda sa sœur, paniquée comme si on venait de lui annoncer une maladie grave.

— Oh sérieusement, il faut que vous vous reposiez un peu avant de contacter les potes parce que vous êtes flippantes à être au taquet comme ça. Rassurez-vous, j'ai bien un ou deux numéros à vous refiler.

— Qui qui qui ? demandèrent-elles, surexcitées.

— J'ai eu Séb au téléphone quelques fois. Mais ça remonte à loin, trois ou quatre ans au moins. Vous avez regardé sur les réseaux s'il a une page en tant que comique ?

— Bien sûr ! Tu nous prends pour des enquêtrices de pacotille ? s'insurgea Marie. Il a fermé son profil perso et il n'y a pas de page au nom de Sébastien Rossignol.

— Ah, merde ! jura Nicolas intentionnellement pour faire tiquer sa mère qui l'écoutait l'air de rien. Enfin, la dernière fois qu'on s'est parlé remonte à loin. Je ne suis pas certain d'avoir encore le bon numéro de téléphone. Mais j'essaierai de lui passer un coup de fil plus tard dans la journée. Là, c'est beaucoup trop tôt. Dans tous les cas, n'appelez personne avant d'avoir dormi, sinon vous allez faire fuir tout le monde.

C'était au tour de Nicolas de poser ses conditions : elles lui promirent du bout des lèvres de se reposer un peu. Le frère, inquiet malgré tout, demanda à sa mère son programme du jour. Il voulait savoir s'il pouvait lui laisser tous les enfants une heure ou deux dans la journée. Il fallait impérativement qu'il passe voir sa sœur et ses deux frappadingues de copines dans l'après-midi, pour s'assurer qu'elles redescendaient un peu de leur petit nuage nostalgique. Marjolaine proposa de s'occuper de sa descendance tant que ça l'arrangeait. Cela l'étonna d'autant plus que ses parents n'aimaient pas trop s'embarrasser des enfants si ce n'était pas prévu trois semaines à l'avance. Enfin comme le disait si bien Florence : « Cherche pas, Nico ! Cette femme est un mystère ! »

Nicolas tenta de rappeler sa sœur pour l'avertir de sa venue mais elle ne décrocha pas. Il eut plus de chance sur le mobile de Camille.

— Salut ! Dis donc, ça fait un bail qu'on ne s'est pas parlé, plaisanta-t-elle.

— Je vois que vous êtes aussi zinzin qu'il y a quinze minutes. Vous n'étiez pas censées vous reposer, demanda-t-il.

— Alors, mon cher Nicolas, sache que heureusement nous n'avons pas suivi ton conseil, ou nous aurions dormi sans connaître la super-nouvelle que nous venons d'apprendre.

Florence hurla à Camille de ne rien lui dire. Elle voulait s'en charger elle-même.

— À peine avons-nous raccroché que Marie a reçu un second message de Martin. Tu sais quoi ? Hein, hein, dis ?

— Mais, non, comment veux-tu que je sache ? Accouche ! Je vais venir moi-même vous coller au plumard avec un calmant !

Marie, très probablement collée à moins de cinq centimètres du téléphone, brailla si fort qu'il manqua lâcher le mobile :

— Il va appeler Séb et il est toujours en contact avec Coco.

— Mon tympan gauche te remercie, grogna Nicolas.

Ils firent ensemble le décompte : eux quatre plus Coco, Mélanie, Martin, Séb et Lolo.

— Neuf sur douze en une seule nuit ! C'est qui, le mec défaitiste qui nous a dit qu'on s'emballait trop vite, hier ? ricana Camille.

— Neuf sur onze, la corrigea son amie veuve avant d'exploser en sanglots.

Nicolas ne prit même pas la peine de leur dire qu'il raccrochait.

Le temps de faire la route depuis la maison de banlieue de ses parents jusqu'à la place Sathonay, le centre-ville était déjà écrasé par la moiteur de juin. Dans l'appartement, il les trouva volets baissés et lumière tamisée. Elles étaient toutes les trois vautrées en train de regarder la nouvelle saison de *Grey's Anatomy*, leur série préférée. Il vira Marie du canapé qu'elle partageait avec sa sœur pour s'installer à ses pieds. Cam invita sa comparse à la rejoindre sur l'autre sofa. Florence avait cessé de pleurer bien avant son arrivée et n'arrêtait pas de s'excuser de lui avoir fait peur. Elle répéta dix fois que ce n'était pas la tristesse, mais la fatigue qui l'avait fait craquer. Peu avant midi, ils s'endormirent tous les quatre sous leurs plaids de coton, vaincus par la fatigue et un certain trop-plein émotionnel.

Florence se réveilla à cause de la douleur. Elle ne sentait plus ses jambes. Son frère s'était endormi à ses pieds sur le canapé et s'était peu à peu affaissé sur elle.

Comme elle ne pouvait pas bouger, elle envoya son coussin sur la tête de Nico pour le sortir à son tour de leur coma de six heures. Il grogna et peina à se réveiller. Cam et Marie émergèrent et l'aidèrent à s'extirper. Nico ronflait toujours comme un sonneur.

Elles se rendirent dans la cuisine sans faire de bruit. La pièce était baignée de soleil, mais il ne faisait pas trop chaud. Marie n'arrêtait pas de parler, un vrai moulin. Camille, elle, semblait pensive. Florence lui demanda ce qui la tracassait.

— Je pense à nos années de lycée. J'ai l'impression que c'était hier. Ça fait peut-être cliché de dire ça, mais je n'ai pas vu le temps filer… J'ai peur d'être en train de passer à côté… de ma vie… de mes rêves de jeunesse.

— Bienvenue au club des pré-quadragénaires ! plaisanta Marie.

— Visionner les cassettes sur le bonheur et recontacter Les Imbéciles Heureux, ça a du bon et du moins bon, concéda Florence.

— Je me rends compte que j'ai toujours dit que j'aurais aimé devenir documentariste, mais en réalité, je ne me suis jamais donné la chance de le faire. J'ai toujours trouvé des prétextes pour ne pas réaliser mon rêve. Il y a d'abord eu la maladie de mon grand-père puis j'ai dû m'occuper de Mémé. Après j'ai rencontré Gus, on a eu Louis. J'ai toujours eu une bonne raison pour ne pas essayer, mais… la réalité, c'est que… tout ça, c'étaient de bonnes excuses pour ne pas prendre le risque de me planter.

— Qu'est-ce que tu as à perdre, ma Cam ? demanda Marie. Je veux dire… si ton film est nul – ce dont je doute parce que je me souviens de tous les projets que tu as faits au lycée et ils étaient extras – qu'est-ce que tu risques ? De te taper la honte devant nous ? Nous, on sera toujours fières de toi. Il en faut du courage pour entreprendre. Peut-être que ça va marcher et peut-être pas, mais… tu ne le sauras que si tu tentes. Ça te dit un truc : « Qui ne tente rien n'a rien » ? Ce n'est pas qu'une phrase toute faite, Cam. Fonce !

Camille se leva soudain et partit en direction du salon. Marie lui lança que cela pouvait attendre qu'elle ait terminé son jus de fruits. Elle revint dans la cuisine avec la boîte dans laquelle elle conservait religieusement depuis des années tout ce qu'elle avait filmé. Il y en avait une quantité astronomique. Elle avait commencé à seize ans, s'était longtemps cachée derrière son objectif. Filmer lui permettait de mettre une distance de rigueur entre elle et le reste du monde. Elle déposa sur la table un petit carnet rose et commença à gribouiller des idées qui semblaient attendre dans un coin de sa tête depuis vingt ans. Elle s'arrêta net et fouilla parmi les bandes pour en sélectionner quatre. Marie jeta un œil et lut à voix haute : « Bonheur 1/Bonheur 2/Bonheur 3 ET Bonheur 4 ».

— Dis donc, t'étais inspirée à l'époque, niveau titre.

— Moque-toi ! Moque-toi ! rétorqua Camille en levant à peine les yeux de son papier.

Pendant que Camille libérait sa créativité, Florence regardait Marie et crut deviner une pointe de contrariété bien planquée derrière son humour de façade.

— Tu sais, tu n'es pas obligée de changer de boulot.

— Euh, si ! objecta-t-elle aussi sec. Je suis, au moment où je te parle précisément en arrêt maladie pour cause de pétage de câble ; ce que mon médecin nomme pour satisfaire aux exigences de la Sécurité sociale : « asthénie sévère ».

— Si ton bonheur passe par… je ne sais pas, moi, disons, prendre une année sabbatique avec les petits et Richard pour parcourir le monde en camping-car ou en trottinette, tu n'as qu'à le faire !

— Richard, sur une trottinette, je risque de mettre longtemps à oublier cette image ! Plus sérieusement, je me dis qu'il doit bien y avoir un métier fait pour moi. Comme toi au musée ou Cam et ses films. Je ne peux pas croire que je ne sois pas faite pour quelque chose de précis. À trente-sept ans, je cherche encore ma vocation. C'est con, n'est-ce pas ?

— Ce qui est con, c'est de ne pas se poser de questions ! Tu crois que j'étais fait pour aider les Lyonnais à « Vivre vert ! », ironisa Nicolas qui entrait dans la pièce, la mine encore froissée de sommeil.

— D'ailleurs, ça te va à merveille, ce slogan, ricana sa sœur.

— Je ne sais pas si cela me va, mais plastifié sur ma camionnette, ça marche du tonnerre. Quand tu auras terminé de nous snober, Camille, tu crois qu'on pourrait regarder la vidéo de notre soirée du réveillon de l'an 2000 si tu l'as conservée ?

L'intéressée resta plongée dans ses notes. Cela fit rire ses invités.

— Moi, je suis certaine, mon très cher frère, qu'il y a vingt ans, tu aurais été ravi de savoir que tu allais bosser à ton compte, sans patron sur le dos, en extérieur, à t'occuper du bien-être de tes concitoyens en leur permettant de vivre dans la verdure. Tu ne nous en veux pas, Camille, je mets de l'eau à chauffer pour faire des pâtes, je meurs de faim.

— Faites comme chez vous, mes chats !

— On va faire comme si t'étais pas là surtout, la tacla gentiment Marie.

— Ouais, ouais, pas de souci ! répondit Camille, hors de propos.

Les trois autres étaient écroulés de rire quand le téléphone de Florence sonna.

— C'est maman ! Tu es avec ton frère ?

— Bonjour Madame ma mère ! Oui, je vais bien, oui je suis avec Nico et oui, je te le passe, allez salut ! répondit-elle, vexée par le désintérêt assumé de Marjolaine.

Nicolas s'embourba dans ses explications avant de remercier son interlocutrice qui acceptait de garder ses cinq petits-enfants pour la soirée. L'appel n'était qu'un prétexte pour prendre des nouvelles et signifier son mécontentement puisqu'elle n'envisageait pas une seule seconde de laisser sa descendance repartir en ville avec « une chaleur pareille ». Le fils se garda bien de lui répondre qu'il faisait plutôt bon en cette fin de journée à Lyon. Lorsqu'il raccrocha, Marie, qui avait profité de l'appel familial pour s'assurer par SMS que ses propres enfants allaient bien, annonça qu'en ce qui la concernait, elle pouvait également prolonger le week-end avec eux. À condition que Camille leur propose de rester, bien sûr. Pas de réponse ! Elle était happée par sa prise de notes frénétique.

— Bon, OK ! reprit-elle lorsqu'elle s'aperçut qu'ils la fixaient tous avec des airs de conspirateurs. Alors, voilà le plan, vous voulez que je passe à l'action et que je fasse mon premier documentaire ?

— Nous, on ne veut rien, ma Cam ! C'est toi qui dois le vouloir, mais... c'est sûr que cela nous ferait plaisir, répondit Marie.

— Alors la bonne nouvelle, c'est que je vais le faire ! Vous m'avez convaincue ou je me suis convaincue, ce n'est pas la question. Je reprends les choses, là où je les ai laissées.

— C'est-à-dire ? demanda Florence.

— Imaginez le synopsis : l'année de leurs 17 ans, douze jeunes gens pleins d'avenir livrent leur vision du bonheur. Vingt ans plus tard, les revoilà face à leurs confidences. L'occasion de faire le bilan et de donner à nouveau leur point de vue sur ce à quoi nous aspirons tous.

— J'adore ! On signe où ? s'emballa Florence. Bon, faudra juste préciser qu'ils ne sont plus douze, mais sinon... c'est dément !

Nicolas et Marie se crispèrent un peu, Camille, quant à elle, était trop concentrée à parcourir ses notes pour relever.

— Il y a une mauvaise nouvelle en revanche, enchaîna-t-elle. Si je fais ça, alors on ne peut pas regarder les autres bandes tant que je ne suis pas prête à vous filmer.

— De toutes les manières, cela aurait été incorrect de visionner les cassettes des autres Imbéciles Heureux sans eux. Mais les nôtres, on peut y avoir accès ou tu fais blocus aussi ? demanda Marie.

— Je vous demande une semaine. Juste le temps de mettre mes idées au clair sur la manière de tourner les nouvelles séquences. Une fois que je saurai comment je veux mener les entretiens, alors je vous interrogerais, un par un, sur votre vision du bonheur actualisée. Ensuite, je vous filmerais en train de réagir à chaud regardant vos bandes d'il y a vingt ans. Ça vous convient comme ça ?

— Moi, je vote pour ! Et aussi je dis prems ! s'emballa Florence. En attendant, on va t'aider en organisant cette fichue réunion des anciens. Tu ne tourneras rien du tout si on ne commence pas par là, n'est-ce pas ?

— Si on appelait Martin ? demanda Nico. C'est samedi soir, si ça se trouve, il s'ennuie comme un rat mort et il serait ravi de nous rejoindre pour prendre un pot.

— Un texto, non ? C'est moins intrusif, proposa Marie en attrapant son téléphone portable.

J -16,5

Il était 21 heures quand Martin et Coco les rejoignirent sur la place Sathonay.

Ce matin lorsqu'il avait échangé avec Marie et promis de passer le message à leur ami, Martin n'avait pas traîné. Il avait appelé Coco et ils avaient improvisé un dîner tous les deux, le soir même. Ils venaient de se rejoindre quand Marie avait envoyé son message à Martin pour lui proposer de prendre un pot. Aussi simple que ça !

Trop simple d'ailleurs. Florence, Marie et Camille ne parvenaient pas à s'en réjouir complètement. Tout semblait si facile. En un rien de temps, six des douze membres de la bande des Imbéciles Heureux étaient déjà réunis. Depuis dix ans, Florence avait mentionné au moins vingt fois son souhait d'organiser un dîner avec tout le monde. Chaque fois, ils avaient abandonné avant même d'essayer. Ils s'en faisaient une montagne pour rien. Ce soir, elles étaient heureuses, mais leur joie avait un arrière-goût amer. Charly ne marchait pas à leurs côtés. Le mieux est décidément l'ennemi du bien.

Le gros 4 × 4 de Coco s'arrêta en double file devant eux. Martin sortit du véhicule pendant que le conducteur leur expliquait qu'il allait se garer là où il pourrait. Il démarra en trombe, ce que le passager à peine débarqué ne manqua pas de critiquer.

— J'ai cru que j'allais crever dans cette foutue bagnole. C'est un pilote, il n'y a pas de souci, mais je n'ai plus du tout l'habitude de la voiture. Je me déplace à vélo ou en train. On a banni ces engins de malheur avec ma femme.

— Comment va Héloïse ? demanda Camille en prenant les devants et dirigeant ses amis vers la terrasse du pub anglais le plus proche.

— Elle, ça va ! Moi, ça va ! Mais alors nous, ça va plus du tout. On va bientôt divorcer.

La dernière fois qu'ils s'étaient vus remontait à près de dix ans. Ils étaient tous présents au mariage de Martin, à l'exception de Coco et Sébastien. La noce avait été dignement célébrée. La plupart n'avaient pas encore d'enfant. Camille avait revu Héloïse, l'épouse de Martin, après leur rencontre. Les deux femmes s'entendaient à merveille. Elle allait souvent dîner chez eux et n'avait pas vraiment compris pourquoi du jour au lendemain, la femme de son vieux pote avait cessé de l'inviter et même de venir au cours de yoga qu'elles fréquentaient ensemble. Lorsque Martin leur expliqua que leur couple battait de l'aile depuis sept ans, Camille raccrocha les wagons.

— On s'installe là ? proposa Nico en désignant un coin avec plusieurs mange-debout.

— Aucun de vous n'a revu Coco depuis son accident, si je comprends bien ? demanda Martin.

— Euh, non. Qu'est-ce qui s'est passé ?

— Nico, je... je préfère laisser Coco vous raconter, mais je ne m'avance pas trop, puisque vous ne tarderez pas à le constater vous-mêmes, il est en fauteuil.

— Roulant ? demanda Camille.

— Non, non. Notre pote se balade en fauteuil à bascule le samedi soir quand il sort avec ses amis. Bon, parfois il prend son fauteuil en rotin, mais quand il pleut, c'est pas génial ! plaisanta Marie.

Les cinq amis rirent et Camille accepta la vanne de bonne guerre. Elle connaissait son amie par cœur et savait que l'humour était son rempart. Florence se précipita vers une table qui venait de se libérer. Coco ne tarda pas à les rejoindre. Il pestait sur ce quartier de « hippies » où les vélos étaient rois et les 4 × 4 mal vus, et de toute façon, incompatibles avec l'étroitesse des rues. Ils s'installèrent et passèrent commande.

— Alors qui se lance ? J'avais parié sur Marie pour crever l'abcès. Vous me décevez là, les gars. Personne ne veut savoir ce qui m'a cloué les fesses sur ce fauteuil ?

— Ça dépend, mon Coco, si c'est un accident de voiture, je passe mon tour. J'ai déjà eu ma dose, tenta maladroitement de plaisanter Florence.

— Alors, il y a bien une voiture impliquée dans ma sale histoire, mais, c'est presque marrant tellement le karma s'est foutu de moi ! On ne va pas faire comme si personne ne se souvenait de ma vingtaine et de toutes mes conneries, n'est-ce pas ?

— J'avoue qu'on s'inquiétait beaucoup pour toi, mon pote ! D'ailleurs… expliqua Nicolas qui mit sa phrase en suspens le temps que le serveur dépose leurs boissons sur la table.

— D'ailleurs, Nico, tu as été le seul avec Charly à oser me le dire en face. Autour de moi, tout le monde faisait comme si de rien n'était.

— C'est compliqué de dire à quelqu'un qu'il fait n'importe quoi, se défendit Martin qui n'était pourtant pas visé.

— Non, je crois que le plus facile est de se taire. C'est pour ça que la plupart du temps, on se conforte en pensant que ce ne sont pas nos affaires. On se laisse croire qu'on ne peut pas ouvrir les yeux à celui qui ne veut pas voir son problème, objecta Marie.

— Qu'est-ce qu'on dit ? demanda Flo pour tester la mémoire de ses amis.

Ils répondirent à l'unisson :

— Merci Marie !

Ce qui déclencha un fou rire général, souvenir de l'époque où toutes les sages paroles de Marie étaient saluées grâce à cette réplique, référence au message affiché sur la basilique Notre-Dame de Fourvière, chaque année à l'occasion du 8 décembre.

Camille et Marie échangèrent un regard complice. Le 8 décembre était le jour de la mort de Charly. Depuis un an et demi, elles n'utilisaient plus cette expression par peur de raviver la douleur de Florence. La boutade leur parut d'autant plus savoureuse ce soir-là.

— Coco, tu nous racontes ou on joue aux devinettes ? demanda Nicolas.

— Oui, tout de suite, mais avant je tiens à te remercier, les yeux dans les yeux, pour ta franchise. J'étais un super-gros con. Je passais ma vie à picoler et à me droguer et j'aimerais te dire que le soir où Charly et toi m'avez chopé pour me dire que je faisais n'importe quoi a été le déclencheur pour que je me reprenne en main, mais... ce serait un gros mensonge. J'ai préféré me fâcher avec vous, enfin, ne plus répondre à vos appels et rester avec mes nouveaux amis. Ceux qui comme moi déconnaient à plein régime, cela ne les dérangeait pas du tout que je foute tout en l'air.

Florence, Marie et Camille étaient pendues aux lèvres de Coco. Elles n'avaient pas véritablement pris la mesure de la situation quinze ans plus tôt. Camille avait même reproché à Charly et Nico d'avoir bousculé leur ami avec des propos durs et moralisateurs.

— Toi et Charly aviez raison. Je me souviens qu'il m'avait dit que les vrais potes doivent intervenir quand l'un d'eux se saborde. Moi, je vous ai maudits et je m'en veux encore aujourd'hui de ne jamais avoir pris mon téléphone pour vous remercier, une fois que…

— Ton handicap, enfin, tes jambes, c'est à cause de la came ? demanda Camille.

— Non, enfin… si en quelque sorte. Quand j'ai eu vingt-cinq ans, on ne se voyait déjà plus, nous tous, mais j'ai eu accès à des comptes que mes parents avaient ouverts pour moi quand j'étais gosse. Cela faisait beaucoup d'argent pour un crétin dans mon genre. Mes vieux ont tout fait pour me bloquer à la banque. Ils étaient certains que j'allais tout claquer en drogue et en bringues. Force est de constater qu'ils avaient raison. Mais avant toute chose, je me suis acheté la bagnole de mes rêves. Je roulais comme un malade avec. Bref, ils flippaient à l'idée que je me tue sur l'autoroute ou que je détruise une petite famille bien gentille qui aurait eu pour seul tort celui de croiser ma route.

— Ça marche aussi pour un trentenaire qui sort du boulot et qui va rejoindre des potes pour une raclette, ajouta Florence sans que ses amis puissent déceler de l'humour ou de la colère dans sa voix.

Nicolas se mordit les lèvres pour ne pas rappeler à sa sœur qu'il s'agissait d'une fondue. Il évita ensuite scrupuleusement de croiser le regard de Marie ou de Camille jusqu'à la fin de l'explication de Coco ; le risque était trop grand qu'ils explosent de rire s'il leur venait à tous les trois la même idée.

— Je ne veux pas me trouver d'excuses, j'ai déconné à plein tube. Heureusement, je n'ai pas de mort sur la conscience. Un soir, j'ai eu une envie subite de voir la mer. J'étais en boîte sur les quais de Saône, raide déchiré. J'ai pris ma caisse et avec trois potes noctambules et on a filé à Saint-Trop'. On voulait finir la soirée dans un club sur la plage. J'ai roulé à 180 kilomètres/heure et étonnamment, on a survécu. En arrivant, on a trouvé l'établissement fermé. Logique, non ? Un mardi en plein mois de mars ! Bref, on était chargés comme des mules et on était super-énervés d'avoir fait la route pour trouver porte close. On a pété deux ou trois tables sur la plage puis on a voulu se poser dans le sable pour fumer ou décuver. On s'est endormis. Un de mes potes a eu froid et il est allé se réchauffer dans ma voiture. Ce con, sans faire exprès, a débloqué le frein à main et... doucement mais sûrement, la bagnole s'est rapprochée... Et je me suis fait écraser par ma BMW à vingt plaques ! Voilà ! Vous pouvez vous marrer !

Bien sûr, aucun d'eux ne rit. Ils étaient abasourdis par l'histoire de Coco et encore plus par le ton détaché avec lequel il la racontait.

— Et ça va maintenant ? T'as l'air de prendre la situation avec philosophie, tenta Camille.

— J'ai une super-psy ! Grâce à elle, j'ai compris que les mois passés à l'hôpital et en rééducation, c'est ce qui m'a sauvé la vie finalement. Si je n'avais pas vécu ce drame, je ne serais pas là pour vous le raconter. Je n'avais aucune limite et je me tuais à petit feu.

— Mais...

— Pourquoi ? C'est ça, Marie ? Honnêtement, je n'en ai pas la moindre idée. J'étais un gosse de riche, je devais trouver ma place mais… ça ne m'intéressait pas vraiment. J'ai préféré m'embrumer le cerveau plutôt que de le faire fonctionner. Je n'ai jamais été un battant.

— Ce n'est pas le souvenir que j'ai de toi, objecta Marie. Quand on était délégués tous les deux au collège, on passait notre temps dans le bureau du directeur pour faire valoir nos droits d'élèves. Des syndicalistes en devenir !

— C'était toujours pour les autres, c'est plus facile, répondit Coco. Rappelez-vous comme je détestais perdre ou me planter.

— Je me souviens de la fois où on a été collés en première parce que t'avais balancé le ballon de basket dans la tête du prof de sport, raconta Nicolas.

— Pourquoi tu t'étais fait punir toi aussi, Nico ? Je ne te vois pas trop te rebeller contre un prof, Mister Legaud ! plaisanta Martin.

La conversation s'emballa, tout le monde parlait en même temps puis de petits groupes se formèrent pour échanger diverses anecdotes. Les tournées de bière se succédaient et l'heure tournait sans qu'aucun n'ose annoncer qu'il se faisait tard. Un peu avant minuit, le serveur sonna la cloche pour signifier la dernière tournée et la bande ajouta son « oooooh ! » à celui des autres tablées. Florence craignait qu'ils n'aient plus grand-chose à partager, mais ce soir, entre eux, la nostalgie était douce et les rires sincères. On aurait presque pu croire qu'ils ne s'étaient jamais quittés. Au moment de se séparer, Martin proposa de créer un groupe sur WhatsApp. Cela leur permettrait d'échanger sur leurs avancées respectives pour mettre la main sur les autres Imbéciles Heureux.

— Rien à voir, mais je me demandais s'il était possible de ne plus m'appeler Coco ? Ça ne fait pas super-sérieux à trente-sept piges.

— Rhooooo, super-lourd ! Depuis quand tu veux faire sérieux, toi et avec nous en plus ? le rembarra Nicolas. Et puis, non ! Je m'y oppose catégoriquement ! Faut-il te rappeler qu'il ne peut y avoir qu'un seul Nico dans la bande. J'ai remporté ce privilège à la loyale il y a vingt ans et j'y tiens !

Alors ils se racontèrent ce qu'ils savaient tous, mais prenaient plaisir à reformuler, déformer, enjoliver. Lors d'une des premières soirées passées tous ensemble, les amis s'étaient trouvés face à un dilemme : *deux* Nicolas dans une même bande. Ce qui créait sans cesse des quiproquos, parfois comiques, parfois pénibles. Florence avait proposé de jouer le privilège de l'usage du nom sur une partie de « ni oui ni non ». Cela avait duré près de deux semaines. Aucun des deux ne comptait se laisser affubler du sobriquet infantilisant proposé comme substitut. La partie s'était propagée à tous les espaces de leurs vies jusque dans les salles de cours où ils avaient banni le oui et le non, créant avec certains professeurs des situations cocasses. Pour corser le jeu, Florence ou Camille ou Marie (elles se disputaient encore le droit d'auteur de cette brillante idée) avait proposé un « Ni oui, ni non, ni Co ». La syllabe proscrite les mit dans de drôles de situations. Plus question d'évoquer : les hariCOts, l'éCOnomie, un Co-équipier, MexiCO ou San FrancisCO, un quelconque COde ou même de demander COmment, sans parler du chanteur du groupe Nirvana qu'ils adoraient tous, Kurt CObain. L'enjeu était COstaud ou plutôt de taille, ils ne lâchèrent rien pendant plusieurs semaines. C'était sans compter sur l'appétit de Coco qui avait finalement perdu au réfectoire alors qu'il répondait un « oui » franc et joyeux à la dame de la cantine pour un supplément de frites.

— Dites, Martin et Coco, avant que nous nous quittions, est-ce que je peux vous parler d'un… projet ?

— Raconte, l'encouragea Coco.

— J'ai retrouvé des cassettes vidéo. Un film pour le cours d'art plastique et…

— Hé ! mais ne me dis pas que c'est ton truc sur le bonheur ? s'enthousiasma Martin.

— Wahou ! Je suis flattée que tu t'en souviennes. Décidément ! Flo, Marie et Nico aussi en ont gardé un bon souvenir.

— T'as les images donc ? Genre, on va pouvoir les regarder ? demanda Coco.

— Oui et en fait, j'ai un… projet, hum… de documentaire et pour le mener à terme, il faudrait que vous acceptiez de me céder votre droit à l'image rétrospectivement et…

— Et quoi ? De toute façon, je suis prêt à me soumettre à toutes tes conditions si cela me donne accès au jeune con que j'étais. Qui sait, je vais peut-être comprendre si c'est la vie qui m'a rendu passif comme ça ou si je l'étais déjà à l'époque, s'enflamma Martin, un peu ivre.

— T'étais pas du genre à laisser faire quand on était au lycée, mon pote ! Crois-en mes souvenirs, lui répondit Nico tandis que Flo et Marie marchaient devant de part et d'autre de Coco.

— Alors quoi ? C'est l'âge qui m'a transformé en chiffe molle ? Excusez-moi, je ne voulais pas faire le type lourd qui a le vin triste, mais… vous vous rendez compte que je n'ai jamais quitté le lycée ? J'ai changé d'établissement, mais en tant que prof de math, je passe toujours cinq jours par semaine entre les murs merdiques d'un maudit lycée !

Nico et Camille ne trouvèrent rien à objecter.

— Et puis mon mariage qui part dans le mur.

— Ce n'est peut-être pas fini-fini ? Tu nous as dit que cela faisait des mois que vous fonctionniez comme cela, peut-être que vous pouvez tenter de vous laisser une dernière chance, répliqua Camille. Regarde, Gustave et moi, on a décidé de se séparer, on ne vit plus ensemble depuis quelque temps et pourtant rien n'est certain. Qui sait ? Si ça se trouve, nous nous retrouverons un jour.

— T'es pas sérieuse ? intervint Nicolas, aux anges à l'idée que son ami Gus réintègre leur petite bande. Il y a une chance que vous vous remettiez ensemble ? Flo, tu entends…

Il n'eut pas le temps de terminer sa phrase, Camille attrapa son col de polo et fit semblant de l'intimider pour le faire taire. Nicolas mesurant vingt bons centimètres de plus qu'elle, il éclata de rire en levant la main droite pour jurer qu'il garderait le silence. Coco fit remarquer que ces deux-là se comportaient comme chien et chat depuis le lycée. Les filles approuvèrent sa remarque tandis que Nicolas recentrait la discussion sur le pauvre Martin.

— Je ne suis pas le mieux placé pour te donner des conseils pour sauver ton couple, mais… si tu as besoin de parler, je suis là, mon pote ! OK ?

— C'est gentil. Je suis content qu'on se soit retrouvés. Ça fait du bien de se voir dans vos souvenirs. Je ne suis pas un pleutre, au moins pour vous.

Arrivés à un croisement, les deux petits groupes se rejoignirent pour se dire au revoir. Coco qui avait entendu les derniers propos de Martin leva la main au ciel pour déclamer :

— Non, vaillant Martin, tu es brave et courageux. Nous, bande d'Imbéciles Heureux que nous sommes te faisons la promesse de t'aider à vaincre ce démoniaque dragon qu'est ton manque de confiance en toi !

— Tu devrais passer du temps avec Marie, tiens ! C'est son rayon, le « coaching L'Oréal », s'amusa Camille.

— Qu'est-ce que c'est que ce truc ? Je fais ça, moi ? demanda Marie.

— Ouep ! C'est ton truc ! intervint Florence. Une heure avec toi et on repart avec notre jauge de motivation au taquet. Tu nous dis toujours qu'on le vaut bien, alors… on a appelé ça le coaching L'Oréal avec Cam. Quand l'une de nous n'a pas le moral ou doute avant d'entreprendre quoi que ce soit, on t'appelle. C'est marrant que tu ne nous aies jamais entendus utiliser l'expression, c'est passé dans notre langage courant, depuis le temps.

— J'ai bien mon projet d'application Web à développer, murmura Martin. Ça, je suis certain que cela pourrait me redonner un peu de peps. Je me sens comme une vieille chaussette dépareillée… Si je foire, je repars de zéro dans ma vie à deux francs six sous. Argh, et en plus, je parle comme un vieux ! Ça fait combien en euros, deux francs six sous, à votre avis ?

— Le prof de math en toi me fascine depuis qu'on est gamins ! lui répondit Camille en l'attrapant par le bras.

— En tout cas, je suis d'accord pour ton film ! Tu peux compter sur moi. Si ça se trouve, ce sera le petit déclic dont j'ai besoin pour reprendre du poil de la bête. Et puis, je suis toujours content quand je peux aider une vieille amie.

— Il a dit que t'étais vieille, se marra Nico.

— C'est toi, le vieux ! objecta Camille.

— Super repartie.

La bande se sépara devant la voiture de Coco qui ramenait Martin chez lui. Les quatre autres décidèrent de dormir chez Camille encore une nuit. Ils se sentaient bien incapables de se séparer après une soirée si riche en émotions. En chemin, ils envisagèrent de jeter un œil sur les autres cassettes de Camille, celles des soirées, des anniversaires, des remises de diplômes.

— T'es un peu notre INA à nous, en fait, plaisanta Marie. Ça en jette d'avoir son propre Institut national des archives audiovisuelles, non ? Je me demande comment nous avons fait pour vivre si longtemps sans mettre le nez dans ta boîte à souvenirs.

Nicolas partit se coucher dans la chambre du petit Louis sans demander son reste. Il avait un peu trop bu et il n'en pouvait plus de les entendre parler sans interruption. Les filles s'installèrent sur les canapés du salon et s'endormirent épuisées, après seulement dix minutes de visionnage de la soirée des vingt ans de Marie.

J -16

— Meeeeeeerde, hurla Nico depuis la chambre de Louis. Le marché ! Le foutu marché !

Il débarqua dans le séjour, les cheveux en bataille, une trace de broderie Winnie l'ourson sur la joue. Peinant à enfiler ses chaussures, il grommelait sans que les filles comprennent un seul mot à son charabia. Il claqua la porte d'entrée et les laissa ahuries encore à moitié endormies dans le salon.

Elles émergèrent lentement. Camille se rendit dans la cuisine pour leur préparer un café pendant que Marie filait sous la douche. Florence était de corvée de tartines. Une fois le petit déjeuner englouti, les deux invitées rassemblèrent leurs affaires éparpillées dans tous l'appartement. Lorsque l'interphone sonna, Camille brailla que si Gustave ramenait Louis plus tôt, elle allait l'étriper. « J'ai un documentaire à écrire, moi ! » En ouvrant la porte, elle ne put s'empêcher de rire en voyant la tête contrariée de Nicolas. Il remontait avec un sachet de viennoiseries et la mine défaite. La veille en débarquant en urgence, tel superfrère, ce crétin s'était garé à la va-vite. Il pensait rester une heure ou deux avant de repartir auprès des enfants chez ses parents. Ce matin, sa voiture gênait l'installation du marché dominical sur les quais de Saône. Il venait de gagner un petit tour à la fourrière et une vilaine amende. Sa sœur et ses sœurs n'avaient plus faim, mais aucune n'osa le lui dire. Elles mangèrent les pains au chocolat en le remerciant de sa gentille attention. Entre deux époussetages de miettes, ils se félicitèrent de la soirée de la veille. Leurs quatre téléphones mobiles vibrèrent en même temps.

« Samira Ibnine a accepté votre invitation dans le groupe de discussion Les Imbéciles Heureux. »

Camille se saisit de son calepin et y griffonna quelques mots. Elle le referma et attrapa sa vieille caméra en leur demandant de faire comme s'ils découvraient le SMS. Florence supplia son amie de ne pas la filmer en gros plan. Elle n'était pas coiffée et avait le teint brouillé.

— Quand ton film sera diffusé au Festival de Cannes, je veux monter les marches. Pas question de le faire si j'apparais à l'écran avec cette tronche.

Camille étouffa un rire, avant de lui expliquer qu'elle allait faire un plan serré et que l'on ne verrait que ses mains et son portable. En trois minutes, c'était dans la boîte !

Marie, Nico et Florence partirent de chez Camille en lui faisant promettre de prendre le temps de manger, tant elle était concentrée à noircir les pages de son carnet depuis leur réveil. Florence proposa à son frère de le déposer à la fourrière puis de l'accompagner au déjeuner dominical familial. Rien de tel pour faire passer la gueule de bois qu'un bon gigot du dimanche chez sa mère.

Moteur éteint et frein à main levé, elle regarda son frère s'éloigner dans les allées boueuses en compagnie de l'employé municipal. Florence songea qu'il n'avait pas tellement changé depuis l'adolescence. Il assumait toujours ses actes, ceux dont il pouvait être fier, mais aussi ses erreurs et ses errances. Passer un CAP après l'obtention de son baccalauréat, démissionner de son CDI juste avant une promotion pour lancer son entreprise de paysagiste, divorcer alors que sa femme était enceinte de leur deuxième enfant, il n'était jamais là où on l'attendait. Il venait de se faire enlever sa voiture, la plupart des personnes dans sa situation auraient grogné contre le type qui venait de les délester d'une centaine d'euros d'amende. Pas lui ! Nico se marrait avec le quinquagénaire. Il assumait chacune de ses erreurs, les graves et les moins dommageables.

Il se gara à côté de la voiture de sa sœur. Il voulait fumer une cigarette tranquillement avant de reprendre la route, avant d'entendre les reproches de sa mère chaque fois qu'il en sortirait une de son paquet. Sa sœur le rejoignit et s'appuya sur le capot de son Berlingot.

— Comment tu fais pour être si cool ? C'est quoi, ton secret ?

— De quoi tu parles, sœurette ?

— Tu viens de perdre une heure de ta vie et cent cinquante balles et t'es là à te marrer avec le gars de la fourrière.

— Ce n'est pas lui qui fait les lois du stationnement et surtout, c'est moi le con qui me suis garé au mauvais endroit. Qu'est-ce que tu voudrais que je fasse ? Je ne vais pas lui gueuler dessus, il fait déjà un taf qui doit être superchiant. T'imagines, te lever tous les matins en sachant que des types vont débarquer furibards pour passer leurs nerfs sur toi ? Je ne vais pas lui en rajouter !

Florence lui prit la cigarette des mains et tira une latte avant de s'étouffer.

— T'es un mec génial, mon frère. Tu le sais, ça ?

— Mouais ! répondit-il en ricanant.

— Même si tu fumes toujours ces foutues clopes mentholées dégueulasses ! Beuuurk !

Leur téléphone vibra et ils surent tous les deux ce que signifiait la simultanéité de la notification.

Sam :

Hello la compagnie ! Quelqu'un m'explique ou c'est une sorte de jeu de piste et je dois comprendre toute seule ?

Nicolas écrasa sa cigarette dans son cendrier de poche et d'un geste du menton indiqua à sa sœur qu'ils pouvaient se remettre en route. Mais Florence l'arrêta et se lança : depuis qu'elle avait ouvert les yeux ce matin, elle mourait d'envie de lui raconter son rêve.

— Tu vas me prendre pour une folle. Tu vois, ce moment où tu bascules dans le sommeil ? Cet entre-deux ?

— Quand t'as l'impression de tomber ?

— Oui, mais sans la sensation de chute. Bref ! La nuit dernière, j'ai eu comme une apparition de Charly. C'est la première fois depuis que... qu'il n'est plus là, que je rêve de lui. Il me souriait puis il m'a chuchoté : « Merci. »

— Merci de quoi ?

— C'est ça qui est bizarre ! Déjà, rêver de mon mari mort, c'est pas mal dans le genre, mais figure-toi qu'en me réveillant ce matin, j'avais la certitude qu'il me remerciait d'organiser cette réunion des Imbéciles Heureux. Et aussi de soutenir Camille, de continuer à prendre soin d'elle. Il a toujours été très protecteur avec Cam. Elle était comme sa petite sœur.

— C'est précieux, les petites sœurs ! murmura Nicolas avant de bondir sur ses pieds. Dis, qu'est-ce qu'on fout là sur le parking de la fourrière au lieu de se taper le gigot du dimanche de maman ?

— En route, mauvaise troupe !

En descendant de sa voiture, une fois garée dans la propriété de ses parents, Florence prit le temps de lire les messages reçus pendant qu'elle conduisait.

Coco :

Salut Sam ! J'espère que tout roule pour toi comme pour moi ☺ Tu te rappelles quand on se disait que ce serait génial de réunir Les Imbéciles Heureux pour faire une petite fête ? Figure-toi que Florence, Camille et Marie se sont lancées. T'es partante pour un retour sur les traces de notre jeunesse perdue ?

Samira :

Tu m'étonnes que je suis partante ! Salut, les copains !

Nico :

Salut Sam ! super-content de te lire ☺

Florence jeta son téléphone dans son sac et sortit de sa voiture en claquant la porte. Elle se précipita sur Nico et lui porta de violents coups de poing dans le bras.

— Mais t'es malade ! Ça va pas la tête ?

— Recommence encore une seule fois ça et je te coupe les deux mains, pauvre slip ! lui hurla sa sœur.

— Mais...

— Écrire des SMS au volant ! Tu crois pas que j'en ai assez bavé à cause des accidents de la route ? Je t'interdis de te mettre en danger ! Tu m'entends ?

— Je pense que tous les voisins t'entendent. Pardonne-moi, sœurette. On était arrêtés au feu rouge quand j'ai répondu. Aïe ! Punaise, tu m'as dégommé le bras, sérieux !

— Ne la ramène pas où je raconte à maman que tu téléphones au volant !

— T'oserais pas ! Si tu fais ça, je lui dis que t'as tiré sur ma cigarette sur le parking de la fourrière, tenta de désamorcer Nicolas en saisissant le bras de sa sœur pour l'attirer à lui et déposer un baiser dans ses cheveux.

Pour toi, mon ami !

Depuis que Florence, Marie et Nicolas étaient partis de chez elle, Camille n'avait pas cessé d'écrire. Bien sûr, elle notait ses idées pour son documentaire, mais étonnamment, une narration intérieure s'imposait à elle. Les mots s'enchaînaient et peu à peu, sur le papier, elle se mit à s'adresser directement à Charly.

« Nous y sommes ! Charly, il va falloir que je sois à la hauteur. Pour toi, mon ami ! Je vais le faire, ce film. Je vais écrire ce documentaire que la frousse m'a empêchée de terminer. C'est si dur de vivre sans ton regard bienveillant, sans ton approbation ou tes reproches, j'ai souvent l'impression de perdre le nord. Depuis que ta femme s'est fichu dans la tête de réunir la bande, je sens que la vie revient en nous, peu à peu. C'est discret, mais je ne peux ignorer ce sentiment et j'en ai honte, je crois aussi. Si nous avançons, alors ne risquons-nous pas de te laisser derrière nous ? Cette pensée me pétrifie. »

Camille arracha la feuille de son carnet, la plia en quatre et la glissa dans une enveloppe sur laquelle elle écrivit : Dr Privat. Elle n'avait pas la moindre idée des raisons pour lesquelles elle avait fait cela, mais se sentit immédiatement mieux. Elle retourna à son projet de documentaire.

Après une heure de travail intense, elle s'assura qu'il lui restait un peu de temps, avant que Gustave ne ramène son fils. Puis elle se fit une tisane et s'installa devant sa télévision éteinte. La tentation était trop grande. Elle finit par se lever et inséra dans le lecteur la bande sur laquelle figurait l'inscription : « Bonheur 3 ». Elle avança la cassette jusqu'à la dernière séquence.

21 juin 1996 – Camille : « Être libre de faire ses choix. »

Camille est assise sous un lampadaire, la luminosité est très mauvaise. Elle a remonté ses genoux devant elle et les entoure de ses bras nus. Jean, baskets et débardeur en coton. Son maquillage est discret, ses cheveux teints en rouge.

Derrière l'objectif, Charly a été nommé intervieweur provisoire.

« C'est bon, Cam ! Je filme.

— Oui, je sais, je vois la lumière rouge. Charlot va ! »

Leurs rires se mêlent. Imitant la voix de sa meilleure amie, Charly demande :

« Allez, je t'écoute est-ce que tu peux nous donner ta vision du bonheur. Qu'est-ce que le bonheur pour toi ?

— Arrête de faire le zouave, steupl ! Mme Fayolle va me saquer si mon projet est fait à l'arrache. »

La caméra filme soudain les arbres du stade et la voix de Charly chuchote : « On s'en fout pas mal de Mme Cagolle. »

« Bon, je suis tes questions à la lettre, alors. Numéro 1 : qu'est-ce que c'est le bonheur pour toi ? »

Camille allume une Camel 100's et souffle la première bouffée de fumée sur le côté.

« Le bonheur, c'est… la famille ; mes grands-parents du coup pour moi parce que je n'ai qu'eux ; c'est… les amis, bien sûr ! Et euh… un amoureux qui devient un amour, un enfant ou plein d'enfants ou pas d'enfants… Je sais pas trop.

— Peux-tu m'en dire plus ? Ha ha ha ! Je suis bon, là ? se marre Charly.

— Le bonheur, je crois que c'est de faire ce que l'on veut. Être libre de choisir. Ne pas se sentir obligée de quoi que ce soit. C'est un luxe d'avoir le choix… Dans ma tête, c'est clair, mais c'est galère à expliquer. OK, on va dire que le bonheur, c'est ne pas subir, ne pas être avec un mec qui te soûle ou faire un job qui te fait pas vraiment rêver.

— C'est faire ce que tu veux ?

— Ouais, mais pas dans le sens enfant gâté qui n'en fait qu'à sa tête.

— Et t'as des mots qui te font penser au bonheur ?

— Bah, ceux que je t'ai dits au début : la famille, les amis, l'amour, les gosses, avoir des projets, faire des films… Je crois que j'aimerais bien devenir réalisatrice de documentaires ou… cuisinière, tiens ! Pourquoi pas !

— Tu dis ça parce qu'hier tes cookies étaient superbons ? T'emballe pas non plus, la taquine Charly.

— Je m'emballe, je m'emballe, t'as raison, je me demande pourquoi je suis toujours à fond comme ça ? On arrête là, en fait ! J'ai changé d'avis, mon point de vue sur le bonheur, on s'en fout ! Je vais virer la séquence. »

Camille ne regretta pas une seconde d'avoir visionné sa cassette sans ses amis. Elle était gênée par ce qu'elle venait de voir. Motivée pour poursuivre son projet de film, mais ennuyée par la manière dont elle s'était vue botter en touche dès qu'ils avaient commencé à aborder des questions plus personnelles. Elle n'aimait pas cette façon qu'elle avait de fonctionner, foncer tête baissée, s'emballer, tout donner jusqu'à ce que l'obstacle pointe le bout de son nez. Cela pouvait être une difficulté à surmonter, mais aussi un nœud à démêler dans son intimité. Camille pensait à tort que la vie, les années l'avaient rendue ainsi. Les images qu'elle venait de regarder étaient criantes de vérité. Elle était comme ça depuis toujours. Elle brassait du vent pour éviter que les autres puissent voir l'œil de son cyclone. Elle faisait semblant de faire face en révisant ses plans au fur et à mesure : elle improvisait. Elle devait se rendre à l'évidence. Elle était depuis toujours dans la fuite en avant.

Son discours était bien rôdé. Il y avait matière à provoquer la compassion et ainsi faire barrage à un quelconque reproche. Il n'y avait guère que Marie qui osait lui dire qu'elle devait « travailler » sur cette vilaine manie de se lamenter, de s'apitoyer sur son sort. « Nous sommes des adultes à présent. Nous ne pouvons pas continuer de tout ramener à nos malheurs d'enfance. Sinon, en bout de course, nous aurons donné raison à la fatalité », lui répétait-elle.

Il faut dire que Camille, dans le genre « pas de pot » était en haut de la liste. La vie lui avait tout d'abord enlevé ses parents dans un règlement de comptes entre gens louches dont l'enquête n'avait jamais démontré s'ils étaient impliqués ou d'innocentes victimes collatérales. Puis son grand-père et ses cinq années de démence qui avait été diagnostiquée l'été de son baccalauréat, lui causant les pires tracas tout au long de ses études supérieures. Enfin, son devoir ou sa conscience qui lui dicta de rester vivre auprès de sa grand-mère, jusqu'à ce qu'elle succombe d'une crise cardiaque sans crier gare, un matin sur le marché Saint-Antoine trois ans plus tard. Comme le disait Marie : « Le jour de la répartition des familles, les bonnes fées de Camille devaient être fâchées avec l'Univers pour lui refiler un jeu aussi pourri. »

À vingt-cinq ans, elle s'était retrouvée avec pour seule famille un oncle paternel et deux vagues cousins, qui n'avaient jamais pris la peine de demander de ses nouvelles en un quart de siècle. Mais heureusement, Camille avait déjà ses amis : Charly, Flo, Marie et Nico. Pendant des années, elle avait raconté à qui voulait l'entendre qu'un jour elle ferait des films documentaires. Le temps fila et son discours s'adapta : un jour, elle démissionnerait de son poste de chargée de production à France 3 Lyon… quand elle n'aurait plus à s'occuper de Pépé puis de Mémé. À présent, elle attendait que son fils soit un peu plus grand pour enfin se lancer. La blouse improvisée de soignante familiale lui allait comme un gant. Elle lui permettait de se draper dedans et ainsi de remettre à plus tard ses ambitions personnelles. Son travail à France 3, elle ne l'avait pas vraiment choisi. On lui avait proposé des piges après son stage de dernière année, puis un CDD, un autre et enfin le CDI qui paraissait presque trop facile au moment de le signer, mais qui avait tant rassuré sa grand-mère. Puis sa rencontre avec Gustave, la naissance de leur fils, le crédit sur le dos. La vie quoi !

Camille songea qu'avant la mort de Charly, elle n'avait pas conscience du temps qui passait. Elle ne s'en souciait guère, elle ferait ce qui lui plaisait vraiment quand elle en aurait le temps. Le décès de son ami, cette déchirure dans le cours de sa vie lui fit comprendre ce que tous les livres de développement personnel s'acharnaient à expliquer : elle n'aurait jamais vraiment le temps, elle devait le prendre, s'en saisir. Sans quoi, elle continuerait à s'empêtrer dans une vie qui l'avait choisie plus qu'elle ne l'avait choisie elle-même.

La jeune femme remit la bande au début et visionna à nouveau sa conversation avec Charly. Cette fois-ci, elle laissa couler ses larmes sans chercher à retenir sa peine. Seule dans son salon, elle lui répéta dix fois qu'il lui manquait. Elle avait peur d'avoir mal, mais tout compte fait, elle trouvait apaisant de pouvoir s'adresser à lui. Tant qu'elle était dans le déni de sa mort, il lui était impossible d'en appeler à leurs bons souvenirs pour se réconforter. Elle était heureuse de pouvoir lui parler : « Argh, tu me manques, vieux chameau ! »

Elle envoya un SMS à Marie.

Pourquoi faut-il qu'un drame arrive pour que l'on se décide enfin à ne plus passer à côté de notre vie ? Merci de m'avoir encouragée à exhumer mes cassettes et mon projet sur le bonheur. C'était mon premier geste de cinéaste, je dois reprendre le cours des choses à cet endroit précis. Merci Marie ☺ du fond du cœur !

Si tu veux que la roue tourne… tourne-la !

En entrant dans la cuisine de leurs parents, Florence et Nicolas trouvèrent leur grand-mère Jeanne derrière les fourneaux. La petite-fille préférée ne l'avait pas revue depuis son après-midi de confidences avec Paddy. Depuis quelques jours, elle se demandait s'il était possible que les octogénaires lui aient tendu un piège pour provoquer ce tête-à-tête qui lui avait été si bénéfique dans son travail de deuil. Quand Jeanne les aperçut, son visage s'illumina. La vieille dame avait accepté l'invitation de son fils à déjeuner dès qu'elle avait su que Dorothée, Alice, Charlotte, Esteban et Alban, ses arrière-petits-enfants adorés, passaient le week-end chez eux. Cerise sur le gâteau, sa douce Florence était finalement de la partie. Un dimanche comme Jeanne les aimait : entourée des siens.

Florence était tellement contente de voir sa grand-mère qu'elle lui sauta dans les bras sans lui laisser le temps de retirer son tablier de cuisine. Elle la serra en dépit des mises en garde de la vieille dame, elle se moquait pas mal de tacher sa robe. Auguste et Marjolaine étaient un peu jaloux, cela n'échappa à personne. Nicolas en remit d'ailleurs une couche :

— Quand tu auras fini de lui lécher la pomme, tu diras bonjour au reste de la famille.

— Bien sûr ! répondit Florence en soufflant un baiser dans le plat de sa main à l'attention de ses parents. Où sont mes filles ?

— Dans la piscine. Il ne devrait pas tarder à leur pousser des nageoires. Impossible de les sortir de l'eau ! lui répondit Jeanne en remettant précieusement sa « mission poivron » à sa belle-fille. J'accompagne Florence dehors auprès des petits.

En passant devant Marjolaine et Auguste, Florence leur fit une petite bise. Ils n'avaient pas été à la hauteur en tant que parents mais elle devait bien admettre qu'ils faisaient tout ce qu'ils pouvaient pour se rattraper avec leurs petits-enfants. Mieux vaut tard que jamais ! Petite-fille et grand-mère s'éloignèrent en se tenant le bras. Jeanne proposa de s'asseoir un peu sous la véranda avant de sortir dans le jardin.

— Je suis ravie de te voir, ma chérie. Tu as une mine radieuse.

— Merci, mamie. Je retrouve un peu le sourire ces derniers jours. Et à ce propos, je voulais te dire merci.

— Mais de quoi, ma cocotte mignonne ?

— De m'avoir envoyé Paddy au bon moment. Je me doute que c'est toi qui lui as dit de venir me parler et je sais que cela a dû être douloureux pour lui de me raconter son drame. Merci.

— Si cela t'a fait du bien, ma foi, ça valait le coup. D'autant que l'initiative vient de lui.

— Comment tu fais pour voir toujours le verre à moitié plein, le beau temps après l'orage ? C'est quoi, ton secret, mamie ?

— Y a pas le choix ! C'est tout !

— C'est tout ?

— D'abord, c'est une question de nature. Tu es comme moi, nous voyons les avantages avant les inconvénients. Et cela n'a rien à voir avec le milieu social, la réussite professionnelle, l'amour, l'argent… C'est comme ça, il y a des gens grands et des gens petits, des blonds, des bruns, des roux, des chauves, des chevelus et il y a aussi des gens optimistes et des gens pessimistes.

— C'est joué d'avance, alors ?

— Non, pas complètement ! On peut parfois flancher. Quand ils m'ont fichue de force à la résidence de vieux, j'ai perdu pied. J'étais choquée et cela m'a rendue aigrie et plus triste que je n'aurais dû l'être.

— Mais t'as rencontré ta bande de copains et Paddy, et tu as retrouvé le sourire.

— Oui ! Et il y aussi les pessimistes, ceux qui se découragent vite, qui accusent les autres de tous leurs malheurs, qui baissent les bras parce que les montagnes leur semblent toujours trop compliquées à franchir.

— Et eux, alors ? demanda Florence. Ils sont condamnés à voir la vie du mauvais côté ?

— J'en ai bien peur, mais la sentence n'est pas irrévocable. Rencontrer les bonnes personnes, ça peut changer un homme, ou une femme d'ailleurs. Tu sais la seule chose qui compte en réalité, c'est de se sentir entouré et soutenu. C'est ça qui te permet de lutter contre la force de la gravité quand tout bascule. L'appartenance, c'est vital ! Faire partie d'une entité. Comme tu l'étais avec Charly, comme vous l'êtes avec tes filles mais aussi avec Marie et Camille.

— Ce que je préfère chez toi, c'est ta capacité à apprendre encore et toujours. Tu tires des leçons de vie même à… enfin, à ton âge. La plupart des gens se disent qu'il est trop tard pour changer. Pas toi !

— Tiens, amène-moi le moulin à vent sur la table basse, s'il te plaît. Je vais partager avec toi mon dernier apprentissage de la vie.

Cinq enfants trempés entrèrent en trombe dans la véranda. Les filles sautèrent toutes les trois dans les bras de leur mère qui se transforma en quelques minutes en arbre à chats. Les deux fils de Nicolas trépignaient à côté, impatients d'embrasser leur tante. Les chevelures et les maillots de bain ruisselants de la petite troupe inondaient le tapis. Jeanne sourit en pensant à la tête que ferait sa belle-fille si elle arrivait à ce moment-là. L'eau chlorée sur les fauteuils et le parquet en bois précieux, cela l'amusait beaucoup. Sérieusement, qui posait un sol de cette valeur sur une terrasse couverte ?

— Tu fais quoi, mamie, avec mon moulin ? demanda Alice.

— Une expérience. Tiens, viens t'asseoir à côté de moi. On va faire un tour de magie à ta maman.

Bien sûr, tous les enfants se précipitèrent autour de la vieille dame. Cette dernière demanda à Alice de tenir la baguette en bois de son jouet bien en face de sa maman. La petite entoura le bâton de ses mains et Jeanne s'assura que les pales de la roue étaient immobiles. Elle se leva et indiqua à Florence de bien observer ce qui se passait pendant son absence. La vieille dame rejoignit Nicolas pour l'aider à mettre le couvert sous la pergola. Tandis qu'elle disposait les verres à pied, elle observait du coin de l'œil le déroulement de son expérience. Florence et les petits fixaient le jouet coloré en silence. Au bout de cinq interminables minutes, les enfants retournèrent jouer dans l'eau à l'exception d'Alice qui commençait à trouver que le rôle d'assistante de magicien n'était pas aussi rigolo qu'elle l'avait imaginé.

— Le jeu de mamie est vraiment trop nul, je peux rejoindre les autres, siteuplé, maman ?

— Ma puce en a marre ! Il ne se passe rien, mamie, lança Florence. Et... moi aussi, je commence à en avoir ras le bol.

Jeanne abandonna Nicolas à sa tâche et retourna auprès de sa petite-fille.

— Précisément ! Il ne se passe rien, ma chérie ! Est-ce que tu as envie de faire quelque chose, là, tout de suite ?

Florence prit une grande inspiration et souffla de toutes ses forces sur le moulin.

— VOI-LÀ ! Je vais te révéler un grand secret, ma chérie : tu vois ce qui se passe quand tu souffles ? Tu peux le faire avec ton doigt si tu préfères, proposa Jeanne en joignant le geste à la parole pour faire bouger les pales.

— OK ! La roue tourne et puis ?

— Ce sont des mensonges ce que l'on nous rabâche quand on va mal.

— C'est-à-dire ?

— « Ne t'inquiète pas, la roue tourne ! » Pipeau, oui ! Elle ne tournera jamais toute seule. Il faut que tu la mettes en action, que tu agisses pour qu'elle réagisse. Bien sûr, il arrive qu'un coup de vent venu du ciel lance le mouvement, mais... pour qu'il se passe quelque chose, il faut prendre l'initiative, être à l'origine de l'impulsion. Sinon, tu restes là à regarder la roue sans qu'elle ne tourne jamais.

— Si tu veux que la roue tourne...

— Tourne-la !

Florence resta silencieuse jusqu'à ce que les pales du jouet s'immobilisent complètement. Jeanne regardait sa petite-fille, elle la trouvait gracieuse, belle, intelligente, forte dans l'adversité. Elles furent interrompues par Marjolaine, venue leur signifier qu'un portable n'arrêtait pas de sonner dans la cuisine. De retour dans la maison, Florence trouva son frère en ligne avec Marie. En temps normal, la famille aurait ignoré leur conversation, mais Nicolas avait mis le haut-parleur avant de tendre l'appareil à sa sœur.

— T'es bien assise, là ? demanda Marie.

— Euh, non pas du tout ! Je suis debout.

— Façon de parler ! se moqua Marie. J'ai reçu un SMS perso de Samira tout à l'heure. On a échangé quelques nouvelles, puis nous avons décidé de nous appeler pour parler de vive voix. Elle est toujours en contact avec Coco, ça, on le sait parce que c'est lui qui l'a invitée dans la conversation groupée mais... mais...

— Accouche ! la supplia son interlocutrice.

— Vaudrait mieux pour toi que je sois plus rapide que pour mes accouchements ! Il m'a fallu dix-huit heures pour sortir Léon et vingt-deux pour Rita.

Jeanne, Marjolaine et Auguste ne surent contenir leur rire. Florence s'excusa et partit s'isoler dans le jardin. Nicolas lui emboîta le pas et la curiosité de Jeanne la poussa à les suivre. Grâce aux confidences de Nicolas, elle était au courant de leur projet de réunion. Toute la famille voyait cette initiative d'un très bon œil. Surtout la pimpante octogénaire qui se souvenait bien de la joyeuse bande de ses petits-enfants. Ils étaient régulièrement invités à sa table pour déjeuner, en week-end dans la maison du Lubéron ou pour un simple café.

— Voilà, je suis tranquille dehors, je t'écoute.

— Je disais donc que Samira et moi avons discuté un moment et elle va ajouter Lolo et Sandra à notre conversation groupée.

— Ils se voient toujours ? demanda Florence.

— Pas tous les trois ensemble, mais Samira est restée proche de chacun. Je crois qu'il y a eu une embrouille entre Lolo et Sandra.

— Waouh ! Alors on va vraiment le faire ! En moins de deux jours, on est déjà…

— … dix ! l'interrompit son amie. Je relancerai Mélanie si elle ne me répond pas d'ici deux jours. Mais je suis certaine qu'elle le fera. Il nous reste à pister Séb et on sera au complet. Tu peux mettre un petit tacle derrière la tête de ton frère juste pour le plaisir de lui rappeler qu'il était sceptique, il y a deux jours de cela.

Jeanne se chargea de lui administrer le châtiment et le supplicié s'en tira en lui faisant une grosse bise. Auguste cria depuis la salle à manger pour les prévenir qu'il était l'heure de passer à table.

Florence engloutit son assiette de salade et de gigot froid en sauce. Toute la famille la regardait, un sourire ahuri sur le visage. Ils étaient ravis de constater qu'elle avait retrouvé l'appétit. Elle expliqua en détail leurs recherches du week-end et Nicolas ne put se retenir de titiller ses parents lorsqu'elle évoqua la date à laquelle ils souhaitaient organiser leur petite sauterie commémorative.

— Si la police vous arrête à nouveau, ne comptez pas sur mes relations cette fois pour empêcher une inscription sur vos casiers judiciaires.

— On était gamins, maman. On a simplement enjambé un mur pour passer un moment ensemble, entre copains, et faire quelques paniers de basket. On n'a pas braqué une banque !

— C'était la honte quand même, intervint leur père.

— De quoi parles-tu, Auguste ? Ta femme et toi n'êtes pas allés les sortir de garde à vue. Je te rappelle que c'est moi qu'ils ont appelée et également moi qui ai pris un taxi au petit matin en cachette de ton père, pour aller les chercher au commissariat. J'ai une meilleure mémoire que toi, mon fils. En revanche, impossible de me souvenir de l'endroit où vous étiez en vacances pendant que je les ramenais chez moi jusqu'à votre retour, les tacla doucement la grand-mère.

Marjolaine répliqua du tac au tac que c'était un des rares voyages qu'ils avaient faits sans leurs enfants, ce qui fit dévier la conversation sur un autre sujet. Florence ne releva même pas. Jusqu'au dessert, elle resta les yeux rivés sur l'écran de son téléphone, pianotant un message de temps en temps. Toujours le sourire aux lèvres.

Une conversation

Lorsqu'elle reçut le message de remerciement de Camille, Marie était en train de jouer au Trivial Poursuit avec ses enfants. Elle décréta qu'il était l'heure de faire une pause pour goûter. Elle invita ses enfants à aller jouer dans leur chambre, le temps qu'elle prépare une salade de fruits frais. Avant de sortir les ingrédients, elle s'octroya un petit temps pour elle et en profita pour répondre à son amie.

> Avec plaisir ! Je suis ravie de participer à la concrétisation de tes rêves. C'est plus facile de voir clair dans le jeu des autres que dans son propre jeu ☺ Bisous et à demain ma Cam.

> Non ! Pour voir dans le jeu des autres, il faut déjà prendre la peine de regarder. Alors c'est ce que je fais à mon tour et je me demande pourquoi tu es la seule à ne pas voir ce pour quoi tu es faite. Rends-toi à l'évidence... C'est ça ton truc !

??????

Dis-moi que tu fais exprès de ne pas comprendre ? Hahaha !

Tu ne serais pas en train de me traiter de gourdasse, là ?

Je mets simplement à profit tes enseignements, très chère Marie. Tu nous dis toujours que pour qu'un conseil soit profitable, celui qui le reçoit doit avoir l'impression qu'il a compris par lui-même. D'autant que Flo te l'a dit clairement hier soir quand on était avec les copains. Alors, relis notre conversation et tu peux aussi relire toutes nos conversations depuis la nuit des temps, je suis certaine que tu auras ton épiphanie.

T'es mignonne, mais je dois préparer une salade de fruits, étendre le linge puis ranger les 30 000 jouets des enfants qui jonchent le sol de l'appartement. Ensuite je dois vérifier les devoirs, préparer le dîner, donner le bain aux enfants, lire entre 15 et 43 histoires avant de les coucher et si j'ai le temps, je jouerai aux devinettes avec toi... Sinon, ce serait plus simple que tu me dises ce qu'est mon « truc » d'après toi...

Richard n'est pas là ? Pourquoi tu ne prépares pas le dîner pendant qu'il donne le bain ?

Richard est chez sa mère, elle est encore tombée, il reste avec ses parents jusqu'à ce que le doc arrive. Et même s'il était là, je ne vais pas préparer le dîner en relisant nos conversations depuis Mathusalem, je risque de cramer mes patates sautées. DIS-MOI MON TRUC ou je viens en chemise de nuit de tirer les vers du nez.

Le pire, c'est que je t'en crois capable. Je t'ai vue la semaine dernière devant l'école des enfants, je suis certaine que tu étais en pyjama !

1 : c'était en pantalon ! Je vais devoir te le dire combien de fois ?

2 : toi, ton truc, c'est sans nul doute l'art de changer de conversation sans en avoir l'air, saleté de petite peste !

Moi aussi, je t'aime ! À demain !

♥

P.-S : réponse de Mélanie à l'instant. Elle est folle de joie de nous revoir le 21.

J -14

Le mardi matin était le moment préféré des trois amies. Après avoir déposé leurs enfants à l'école, elles se rejoignaient dans un salon de thé du quartier et s'offraient une heure de papotage autour d'un café. Marie était toujours en avance, encore plus depuis qu'elle était en arrêt maladie. Florence arrivait chaque fois à l'heure pile et Camille pour ne pas faire défaut à sa réputation, entrait en trombe en maugréant avec dix minutes de retard.

Aujourd'hui, Camille arriva avant Florence. Marie manqua de se brûler en renversant sa boisson tant elle fut surprise de voir son amie déroger à ses habitudes.

Tandis qu'elle s'installait autour de leur table attitrée, Florence fit son entrée et, à son tour, fut à deux doigts du malaise en constatant qu'elles étaient déjà deux à l'attendre. Après une tournée de bises et d'échange de nouvelles des enfants, l'euphorie de Camille s'imposa dans la conversation. Depuis qu'elle avait visionné les images de sa propre interview, elle n'arrêtait pas de penser à la conclusion de la séquence. Elle aurait pu se sentir mal à l'aise d'avoir cédé à la tentation et de ne pas avoir attendu d'être en compagnie de ses deux meilleures amies pour regarder sa cassette. Mais elle savait aussi que c'était grâce à cela qu'elle avait pu comprendre ce qui était ancré en elle depuis si longtemps, ce besoin de fuir l'intimité, les confidences. S'entendre dire qu'elle allait supprimer son point de vue dans le film lui avait ouvert les yeux.

— Je ne sais pas pour quelle raison, mais je pressentais qu'il fallait que je découvre ces images toute seule. C'est étrange, mais je n'avais aucun souvenir de ce que j'avais raconté à Charly lorsqu'il m'a interrogée. Vraiment aucune idée !

— Bizarre, en effet ! Moi, je crois que je me rappelle les grandes lignes de notre entretien. Je dois te parler de Charly bien sûr, enfin d'amour surtout, parce qu'à l'époque on était des jeunes tourtereaux et il me semble que j'aborde aussi la famille…

— Tu sais, c'est assez fou, mais j'ai l'impression que mon cerveau a fait un rejet en bloc de ce projet parce que je n'ai pas plus de souvenirs de mes réponses que des vôtres.

— C'est un mal pour un bien, reprit Marie. Si tu te rappelais tout, alors le film que tu prépares aujourd'hui serait moins spontané. Là au moins, on sentira les vingt années passées sur tes images… chez les personnes que tu interroges et chez toi aussi. Je trouve que c'est un atout, non ?

— C'est juste, ma Marie. Tu vois, c'est ça, ton truc ! affirma Camille avec un sourire d'autosatisfaction. Tu es d'accord avec moi, Flo ?

— Absolument, M'dame !

— Vous me faites une blague, là, non ? Vous allez finir par me dire ce que c'est, mon foutu truc ?

Camille était d'humeur taquine, elle comptait faire encore un peu bisquer son amie.

— Ce n'est pas toi qui dis qu'il faut laisser les évidences s'imposer à ceux qu'elles concernent ?

— Je ne crois pas, non ! Et si d'aventure, j'ai raconté une bêtise pareille, j'espère que c'était mieux formulé, rétorqua Marie, un peu piquée.

Sans se soucier de les interrompre, Florence sortit son bloc-notes de son sac et leur demanda si elle devait ajouter à leur liste Sandra et Lolo, manière délicate de ramener la conversation à leur réunion des Imbéciles Heureux et d'encourager Marie à leur raconter son échange avec Samira.

— Lorsque toute la bande a commencé à moins se voir, Sam, Sandra et Lolo ont suivi le mouvement, expliqua Marie. Mais il y a de cela six ou sept ans, ils ont emménagé par hasard sur le plateau de la Croix-Rousse. Ils ont donc reformé un petit groupe et d'après Sam, ils prenaient plaisir à se voir régulièrement. Il y a trois ans environ, Sandra a demandé un service à Lolo et celui-ci n'a pas été à la hauteur. Une histoire avec son fils, je crois.

— Aoutch ! Tout le monde sait que lorsque cela concerne les enfants, il n'y a plus d'indulgence qui tienne ! Tout, mais pas les gosses ! intervint Florence.

— Attends, je veux bien imaginer la Sandra se braquer et ne pas en démordre. On a été assez proches et je me souviens que c'était une sacrée tête de mule quand elle s'y mettait, mais qu'a bien pu faire Lolo pour briser une amitié de vingt ans ? s'étonna Camille.

— Ton raisonnement m'étonne, ma Cam, releva Florence. Tu ne devrais pas t'en remettre à ce que l'on sait de Sandra.

Nos informations datent de 1996. Les gens changent. Surtout à l'âge qu'on avait, on était en pleine construction.

— Pas faux ! Mais… on s'est fréquentés longtemps après. Nous n'étions plus des gosses à la fin de nos études. Son caractère obtus n'est plus à démontrer. Vous vous souvenez du scandale qu'elle a fait au mariage de Martin ? Elle a carrément harcelé le groupe de musique pour qu'ils jouent une chanson qui n'était pas dans leur répertoire.

— J'avais oublié ça ! Bon, OK, Sandra est un peu bornée, mais elle n'est pas stupide et surtout j'ai le souvenir d'une amie fidèle. Lolo a certainement refusé de lui porter assistance sur une question qui lui tenait à cœur. Tu en sais plus, Marie ? Ouh ouh, Marie ? Tu es toujours parmi nous ? À quoi tu penses ?

— Je cherche mon « TRUC » ! Je vous en dis plus si l'une de vous se décide à me cracher ce que vous avez comploté dans mon dos au sujet de ma « VOCATION », répondit Marie en mimant des guillemets avec ses doigts.

— Mais ce n'est pas possible ! répondit Camille suffisamment fort pour capter le regard de tous les clients alentour. Tu as quand même une petite idée de ce que tu nous apportes en tant qu'amie à Florence et moi ? Même à Gus, Richard et… Charly d'ailleurs.

— Je suis désolée de te décevoir, je dois être une grosse cruche, mais non ! Je ne vois pas ce qui te semble si évident.

— Je voudrais bien te le dire, mais sans m'avancer, je suis quasi certaine que, dans ton interview sur le bonheur, cela crève les yeux.

— Pourtant tu viens de nous dire que tu ne te souvenais de rien de ce que l'on t'avait répondu ? Éclaire-moi, là, je ne te suis plus, Camille.

— J'ai dit « quasi » certaine !

Florence les interrompit pour leur signaler que Lolo avait rejoint la conversation groupée sur WhatsApp. Sourire aux lèvres, elle ajouta, de son écriture appliquée, le nom de Laurent sur sa liste, se leva, salua ses amies et en quelques secondes quitta le salon de thé pour se rendre au travail.

— Voilà ! Super ! Avec nos conneries, on a soûlé Flo !

— Si tu me crachais le morceau au lieu de jouer avec mes nerfs, nous n'en serions pas là. T'es gonflée franchement. Il y a quarante-huit heures, tu me remercies de t'avoir ouvert les yeux et motivée pour que tu te décides à faire ton maudit documentaire et…

— Et ?

— C'est facile pour toi de reprendre ta vie en main, t'as juste dévié de ton axe et tu n'as qu'à reprendre là où tu as perdu le chemin de tes rêves pour pouvoir avancer, mais moi…

— Toi ?

— Tu comptes parler en monosyllabe jusqu'à quand ? s'énerva Marie.

— Toi ? Tu n'as pas de vocation, c'est bien ça ? Tu n'en as jamais eu et tu aurais aimé en avoir une comme les autres ? Parce que tu vois que tout le monde est fait pour quelque chose de précis… sauf toi ?

— Voilà ! Merci pour le récapitulatif ! Donc mon truc d'après toi, c'est… ?

— C'est ça !

— Camille, tu m'as soûlée ! s'emporta Marie en prenant son sac et jetant une pièce de deux euros sur la table pour régler son café.

Dans le bus qui la conduisait au bureau, Camille envoya un SMS à Marie.

Je suis en galère avec Louis demain après-midi. Ni Gus ni moi dispos pour le garder, tu me dépannes ?

Oui bien sûr... vieille morue !

Camille aborda sa journée au bureau avec le sourire. Comme elle le faisait depuis des années, elle monta des dossiers, mobilisa des budgets et réserva des créneaux pour que les films des autres puissent se faire. Mais à présent, elle savait, qu'à son tour, elle allait bientôt donner vie à son projet alors elle travailla avec enthousiasme. L'aigreur qui l'avait peu à peu gagnée à force d'enterrer ses rêves commençait à se dissiper.

Ses collègues semblèrent apprécier sa bonne humeur. Ces derniers mois, elle s'était repliée sur elle-même, les avait fait fuir un par un, à force de frustrations accumulées. Elle savait bien qu'elle ne pourrait peut-être jamais vivre de ses films, elle n'ignorait pas les difficultés financières auxquelles étaient confrontés la plupart des artistes avec lesquels elle travaillait. Mais elle s'en moquait ! L'envie était là. Elle était au cœur de son action. Plus jeune, elle avait renoncé parce que cela lui semblait inaccessible de vivre d'un métier aussi précaire. Désormais, elle abordait le problème avec plus de distance. Elle ne cherchait pas à connaître la gloire, elle voulait juste « faire », « créer pour créer ». L'essentiel, c'était que ce film existe. Et puis, en discutant avec Marie qui exécrait son job, elle s'était rendu compte que le sien n'était pas si mal, tout compte fait. Elle n'avait aucune envie d'en changer quand elle aurait fini de courir après ses rêves de jeunesse.

Camille était rassurée de voir que, malgré leur prise de bec, Marie avait répondu positivement sans hésiter à sa sollicitation pour garder son fils. Elle savait qu'elle avait des amies sur lesquelles elle pouvait compter, mais chaque fois que cela se manifestait de la sorte, elle chérissait un peu plus ce lien qui les unissait depuis tant d'années toutes les trois. Le lendemain, elle avait une réunion importante durant laquelle elle souhaitait annoncer, à son équipe et à son chef, son intention de lever un peu le pied. Elle songeait même à passer à 80 %, mais ça, elle en parlerait en privé avec la DRH.

Ce ne serait pourtant pas le rendez-vous le plus important de sa journée. Avant cela, le matin, elle devait se rendre chez sa psy pour la dernière fois. Elle lui annoncerait son souhait de mettre un terme à sa thérapie. Elle était persuadée que celle-ci y verrait une manœuvre pour rester dans le déni. Elle avait hâte de voir sa tête lorsqu'elle lui dirait qu'elle allait affronter sa pire peur, celle d'échouer à réaliser son rêve. Camille avait la certitude d'avoir trouvé le meilleur moyen de faire face à la mort de son meilleur ami.

> Marie, est-ce qu'on peut savoir quel service Sandra a demandé à Lolo et qui les a conduits à se fâcher ? Ce n'est pas de la curiosité (encore que !), c'est surtout pour ne pas mettre les pieds dans le plat avec eux (vous me connaissez, Cam la gaffeuse...). Bisous à vous deux. J'vous aime fort !

Je n'en sais rien ! Samira ne m'a pas donné de détail. Un truc débile apparemment ! En parlant de truc... ☺

@Marie : je passe demain te voir chez Cam pendant que tu gardes Louis. Je serai avec Alice pendant que les grandes seront à la danse. @Cam : si tu ne lui lâches pas le morceau d'ici là, tu sais que je le ferai, je suis nulle en rétention d'informations.
Bon aprèm mes chérinettes,
Votre Flo qui vous aime fort comme Teddy Riner.

J -13

Ce matin, Marie déposa ses enfants au périscolaire puis elle se rendit à son rendez-vous chez son médecin traitant. Elle était certaine que cela allait s'éterniser. Lors de sa première visite juste après son « craquage », il lui avait proposé un arrêt de travail d'un mois qu'elle s'était empressée de refuser. Deux semaines lui avaient semblé suffisantes pour prendre une décision. Mais ces quinze derniers jours, la réunion des anciens copains et les vidéos de Camille avaient occupé toutes ses pensées. Elle tenait à présent pour acquis qu'elle ne retournerait pas travailler à l'université. Ses certitudes s'arrêtaient là. La simple idée d'entrer dans le bâtiment où se trouvait son bureau suffisait à lui couper le souffle et accélérer son rythme cardiaque.

Elle ne s'était pas trompée, son docteur fut comme toujours une oreille compatissante. En sortant de chez lui, elle se sentit délestée d'un poids, mais il lui fallait à présent appeler sa direction et annoncer le renouvellement de son arrêt pour quatre semaines. Bien que sa conscience professionnelle la taraudait, elle ne comptait pas évoquer, pour autant, tout ce qui l'animait ces derniers temps. Elle opta pour un simple mail, concis et évasif.

Marie devait récupérer ses enfants et le fils de Camille une heure plus tard. Elle s'installa donc sur la terrasse du salon de thé dans lequel elle et ses amies avaient leurs habitudes et elle se décida à envoyer un message sur la conversation groupée de la bande.

Marie :

Hello, je suis en arrêt maladie en ce moment. J'ai un peu de temps libre. Est-ce que je peux aider pour dénicher ce cher Monsieur Sébastien Rossignol ? Sauf si l'un de vous a reçu une réponse de sa part. Martin ? Nico ?

Lolo :

Je suis au chômage, Marie ET je suis informaticien, je dis prem's si l'un d'entre nous doit mener une enquête sur les traces de l'ami Ross ☺

Marie :

OK Lolo, mais si tu as besoin de renfort, fais-moi signe alors ! Licenciement, démission, pétage de plombs ? Comment se fait-il qu'un type doué comme toi ne trouve pas de travail ?

Coco :

Je lui ai proposé de venir bosser dans ma boîte, il a refusé ce couillon ! Lolo, mon offre tient toujours. Le type qui gère notre réseau est en fin de contrat et je ne compte pas le renouveler. Il ne m'inspire pas confiance. Ça ne te tente toujours pas de bosser avec ton pote de lycée ?

Lolo :

Je ne suis plus certain de vouloir assumer les mêmes responsabilités. L'espionnage numérique, c'est le nerf de la guerre aujourd'hui et j'en ai ras la casquette d'être en première ligne dans des affaires de gros sous. Ça me file un stress fou et je n'en veux plus !

Marie :

Et bosser pour des associations, des fondations ? Cela pourrait donner un sens à tout ça, non ?

Le fil de la discussion fut interrompu par l'arrivée d'un SMS personnel de Camille :

Ton truc, c'est ça !

Si tu recommences avec tes foutues énigmes, cet après-midi, pendant que je serai chez toi, je laisserai Louis, Rita et Léon faire mumuse avec tes précieuses cassettes ! 😈

Les menaces firent leur effet, le téléphone de Marie sonna dans la minute.

— C'est moi. Bon, j'ai trois secondes douze avant d'entrer chez la psy.

— Tu n'as pas dit que tu ne voulais plus la voir ?

— Et c'est moi, soi-disant, qui change de sujet... Bon, si tu insistes, voilà, ton truc, c'est d'aider les autres à se trouver, leur donner la force et le courage d'entreprendre leur projet. Tu fais ça depuis que t'es ado. C'est une seconde nature, ça doit être pour ça que tu ne t'en rends pas compte. Chaque fois que quelqu'un te parle d'un problème, tu l'aides à le démêler. Tu es un révélateur de carrière, une aide, un soutien sans faille. Tu vois les autres comme capables de tout et même quand on est au fond du fond du trou, tu trouves les mots pour nous aider à nous relever.

— Euh...

— Ton truc, c'est d'aider les autres à reprendre du poil de la bête, à envisager toutes les possibilités qui s'offrent à eux ! On s'en reparle tout à l'heure quand je vous rejoins à la maison. Je dois filer. C'est ma dernière séance, je voudrais être à l'heure, une fois dans ma vie, c'est symbolique.

— Amen ! répondit Marie avant de raccrocher.

Elle se retint d'envoyer un message de remerciement à Camille. Elle avait un sentiment d'inachevé. Elle commanda un second café et rouvrit l'application WhatsApp pour lire les dernières nouvelles du groupe. Elle avait plusieurs messages de retard. Le dernier envoi lui était personnellement destiné, une demande de Lolo qui souhaitait savoir s'il pouvait l'appeler. Marie accepta, il lui restait trente-cinq minutes à tuer avant la sortie des enfants.

En guise de préambule à leur conversation, Lolo s'excusa auprès de Marie de ne pas avoir été présent pour les funérailles de Charly. Cette dernière lui expliqua qu'il n'était pas vraiment responsable. Lorsque le drame était survenu, aucune des trois amies ni même Nico n'avait songé à prévenir la bande. Seules Sandra et Samira étaient venues à l'enterrement. Le matin même, elles avaient appris la nouvelle par un appel de la mère de Sandra qui l'avait lue dans la rubrique nécrologique. La petite bande de Charly n'était pas du genre à se répandre sur les réseaux sociaux, alors annoncer un décès sur Facebook ne leur avait même pas traversé l'esprit. Lolo avait été prévenu à la dernière minute par Samira, mais il était en déplacement à Paris ce jour-là. Il n'avait jamais trouvé par la suite le courage d'envoyer ses condoléances à Florence et il s'en voulait encore. Marie le rassura. Personne n'en voulait à personne.

— C'est pour ça qu'elle organise la réunion du 21 juin ? demanda Lolo.

— Non pas vraiment enfin… maintenant que tu le dis, je ne sais pas, peut-être qu'elle a l'impression que cela fera office de cérémonie du souvenir. Tu sais, avec Camille, on essaie surtout de la soutenir dans ce projet sans trop poser de questions. Si cela lui fait du bien, alors cela nous suffit comme raison valable pour l'aider.

— Vous êtes des chic filles ! Elle a de la chance de vous avoir, répondit Lolo. Je n'imagine pas ce que vous avez dû traverser ces derniers mois.

— Tu l'as dit ! Mais bon, parle-moi un peu de toi !

— Je suis au chômage depuis six mois maintenant, mais j'ai une indemnisation très correcte, alors je compte prendre le temps de me poser les bonnes questions avant de reprendre une quelconque activité. J'ai l'impression d'avoir laissé passer ma vie sans me demander ce que j'avais vraiment envie de faire.

— Ça me parle, ça ! Moi, j'ai frôlé le burn-out, il y a quinze jours. J'ai quitté mon bureau et je me sens incapable d'y retourner.

— Toujours dans la fonction publique ? J'ai vu sur LinkedIn que tu avais un bon poste.

— Ouais, mais… Pfff…

— Pfff, répéta Lolo en se marrant. Je te comprends très bien. On bosse, on bosse comme des cons et puis un jour on se dit : pfff ! Et là, il n'y a plus de retour en arrière. Le « pfff » l'emporte sur notre volonté de bien faire.

— Voilà ! Je suis un grand « pfff ». T'as tout résumé.

— C'est marrant. Je ne t'aurais jamais imaginée bosser dans le service public. Je te voyais dans un métier de conseil, d'accompagnement, hum… comment dire ça ? Psy, pourquoi pas, ou coach ! Ouais, c'est ça, je t'imaginais aider les autres à devenir eux-mêmes.

— T'as eu Camille au téléphone ou quoi ?

— Euh, non, pourquoi ?

— C'est ce qu'elle vient de me lâcher, environ deux minutes avant que tu m'appelles.

— Je te jure que j'ai dit ça spontanément et sans avoir besoin de Camille.

— OK ! Je vais peut-être y réfléchir…

— C'est le lot des trentenaires, non ? Se remettre en question professionnellement. Autour de moi, j'ai l'impression que tout le monde est paumé.

— Je ne sais pas trop, Lolo… Quand je vois mon mari ou Gus, l'ex de Camille, ou encore Florence, eux n'ont pas l'air d'être insatisfaits.

— Il y a certainement des personnes qui sont heureuses de faire ce qu'elles font, des « bien orientés », d'autres qui ont la chance d'avoir une vocation. Il y a surtout tout un tas de gens qui ne se posent pas de questions parce qu'ils ne se l'autorisent pas et d'autres qui sont à deux doigts de tout envoyer en l'air, mais qui serrent les dents et attendent que ça passe.

— Les factures, les crédits, le découvert à la banque, ce n'est pas ce qu'il y a de mieux pour prendre le temps de réfléchir à sa vie et ce que l'on en fait, conclut Marie.

— Je me dis que cette réunion de la bande, c'est vraiment une bonne idée, reprit Lolo. Sans parler du projet de Camille. J'ai hâte de revoir ma confession de jeunesse.

— T'es au courant ?

— Coco en a parlé à Samira qui me l'a répété ! Tu sais que j'ai souvent repensé à cet entretien ?

— Mais c'est fou, ça. J'ai l'impression que cela nous a tous marqués.

— Quand Sam m'a appelé, il y a deux jours, pour savoir si je pensais venir à la réunion des Imbéciles Heureux, on a parlé de la date forcément. Le 21 juin, c'est le jour où on s'est fait arrêter par les flics, mais je me souviens aussi que nous avions escaladé ce mur pour nous mettre au calme. Les rues étaient noires de monde avec la fête de la musique et Cam voulait absolument nous filmer pour son projet.

Laurent avoua à son amie qu'au lycée, il avait eu un petit coup de cœur pour Camille. Après son interview, il avait trouvé étrange qu'une jeune fille de leur âge se pose de telles questions. Le bonheur ? Ce n'était pas un sujet qui préoccupait les adolescents. Cela l'avait transformée, à ses yeux, en fille « compliquée ». À dix-sept ans, il y a deux types de garçons, ceux qui cherchent des relations et ceux qui veulent des filles faciles. Lolo était plutôt dans la seconde catégorie. Il avait changé depuis. Marie s'étonna de la spiritualité qui animait désormais son vieux copain de lycée. Il voulait mettre sa vie en totale adéquation avec ce à quoi il aspirait ; ne plus se contenter d'être un type bien. Consommer mieux, vivre moins vite. Il parlait du bonheur comme quelqu'un qui avait énormément réfléchit à la question.

— De nos jours, le bonheur, c'est du marketing, des unes de magazines, tout est prétexte pour nous vendre du rêve. Mais nous, enfin, ceux de la bande qui se souviennent de l'entretien avec Camille, je suis prêt à mettre mes deux mains à couper que nous avons gardé quelque part au fond de nous, sa question simple et pourtant essentielle : qu'est-ce que le bonheur pour *toi* ?

— Non, mais tu te rappelles carrément la manière dont elle nous a interrogés, s'étonna Marie. Faudra lui dire, ça va l'encourager à fond pour poursuivre son documentaire, crois-moi !

— Je le ferai ! Il faut quand même que je te dise pourquoi je tenais à te parler de vive voix. J'ai cherché Ross sur le Net en mettant une alerte avec son nom. Ce matin, j'ai reçu une notification. Un de ses élèves a twitté qu'il avait hâte d'être à son prochain cours parce que le professeur qu'il cite nommément – d'où l'alerte sur ma boîte mail – est « carrément dément ».

— Donc on sait qu'il enseigne et…

— Et on sait où le trouver : en tout cas, entre 18 et 21 heures, le jeudi soir, au réputé Cours Florent à Paris. D'ici quelques jours, si comme je le crains, il ne m'a pas répondu parce que je n'ai plus le bon numéro de téléphone, alors on aura au moins cette piste.

— Bien joué, l'araignée ! Je dois te laisser, j'arrive devant l'école pour récupérer les enfants.

— C'est drôle de se dire ça ! Moi, je suis devant l'école de musique, j'attends les miens aussi. Faut croire qu'on est des adultes, ironisa Lolo.

Les portes de l'établissement n'étaient pas encore ouvertes. Tandis qu'elle patientait, Marie eut la surprise de voir débarquer Florence, les bras chargés de victuailles pour le déjeuner.Son amie avait promis de passer dans l'après-midi, mais elle avait finalement décidé d'improviser un déjeuner. Marie remarqua avec plaisir qu'elle recommençait à prendre des initiatives. Ce n'était qu'un repas sur le pouce, mais après le passage à vide que Florence avait traversé, cela lui mettait du baume au cœur. De plus, elle allait pouvoir partager sa conversation avec Lolo. En chemin vers l'appartement de Camille, elles rirent comme des bécasses en se remémorant tous les indices qui auraient pu leur mettre la puce à l'oreille. Bien sûr que Lolo avait eu le béguin pour Cam !

— T'imagines, s'il lui avait avoué, qu'ils étaient sortis ensemble et que cela avait duré ? On n'aurait pas connu Gus, ça, c'est nul, mais d'un autre côté, il y aurait eu un autre couple que Charly et moi, ça aurait peut-être été sympa.

— Impossible ! Les histoires d'amour qui durent depuis le lycée, ça ne court pas les rues. Il n'y avait que vous pour traverser le temps comme vous l'avez fait.

— On dirait que tu parles de Capitaine Flam ou d'Albator quand tu dis qu'on a « traversé le temps ».

— Tes références de dessins animés datent des années 80, se moqua Marie. T'es vraiment vieille, en fait !

— Je ne suis pas vieille, je suis *vintage* !

Les deux femmes décidèrent de faire manger les enfants en premier puis de les envoyer jouer dans la chambre de Louis. Elles s'installèrent dans le salon pour profiter de la clim et partager quelques ragots sur les parents de l'école. Marie était heureuse de passer du temps avec Flo et de retrouver son sourire. Si seulement elle pouvait être certaine que le pire était bien derrière elles. Tous les indicateurs étaient au vert mais Marie était de nature prudente. Depuis que Camille le lui avait rappelé, elle n'avait pas cessé de songer au soir où ils avaient appris la mort de Charly. Elle se souvenait à présent très bien de leur discussion juste avant que le téléphone de son amie ne sonne pour leur apprendre la sordide nouvelle. Camille et elle trouvaient tous les prétextes du monde pour ne pas aider Florence à réunir la bande. À présent, elles pourraient faire tout leur possible, malheureusement, il était trop tard. Ils ne seraient plus jamais douze.

— Hé ! Ho ! tu m'écoutes, s'impatienta Florence devant l'air absent de son amie. Tu pensais à ce que t'a dit Camille ce matin, à « ton truc » ?

— Pas du tout, non, je pensais à la bande, à nous enfin, c'était étrange de parler à Lolo tout à l'heure. On ne sait pas vus depuis le mariage de Martin et, au téléphone, j'ai eu l'impression qu'on ne s'était jamais quittés. Je ne sais pas pourquoi nous nous sommes tant éloignés les uns des autres avec Les Imbéciles Heureux.

— Peut-être parce qu'on est des imbéciles ! s'amusa Florence. Et puis, l'essentiel c'est qu'on ait pris les choses en main pour rattraper le temps perdu.

— TU as pris ! Et merci pour ton initiative, je crois que cela met un coup de pied aux fesses de Camille et aux miennes aussi. On en avait besoin.

— En fait, le plus compliqué, c'était de se décider à le faire plus que de le faire, non ?

Via leur groupe WhatsApp, Florence prévint tout le monde qu'elle avait envoyé un courriel à la direction du lycée pour leur demander l'autorisation d'organiser leur réunion dans l'enceinte de l'établissement.

Bien qu'assise dans la même pièce, Marie découvrit le message en même temps que les autres et sourit intérieurement. Encore une initiative prise par Florence ! Désormais elle en était persuadée, ils allaient s'en sortir tous ensemble.

En s'installant sur les canapés, Marie n'avait pas remarqué le Post-it collé sur le rebord de la télévision. Lorsque les enfants déboulèrent en trombe dans le salon pour tenter une négociation « télé » en vain, c'est Florence qui, tout en refusant de les laisser s'abrutir devant un écran, découvrit la note adressée à son amie. Elle lut à voix haute :

— « La cam est branchée sur la TV, si tu veux regarder "ton bonheur", fais-toi plaiz' mon chat ! »

— Je crois que ça lui a mis un coup de regarder sa cassette l'autre soir. Faut croire qu'elle renonce à filmer pendant qu'on visionne notre entretien, remarqua Florence.

— Je crois surtout que c'est un prétexte pour ne pas faire son film. Tu vas voir qu'elle va nous dire qu'elle n'a pas assez de matière et qu'elle va se lancer dans autre chose. Je préfère ne pas regarder pour ne pas lui offrir de porte de sortie. Elle ne va pas m'entourlouper. J'attends qu'elle rentre.

En début d'après-midi, Florence s'absenta pour accompagner ses deux aînées à la danse. Seule dans l'appartement, Marie était à deux doigts de craquer et d'allumer la caméra. Elle songea même à visionner sa bande sans le dire à ses amies. Ainsi Camille pourrait la filmer sans savoir qu'elle connaissait déjà le contenu de ses images.

Alors qu'elle était perdue dans son dilemme, Louis l'appela en hurlant : « Désolé, tata, j'ai fait pipi dans ma culotte. » Marie éclata de rire. *Sauvée par le gong !*

Elle donna une douche à Louis et bien sûr, Alice, Rita et Léon demandèrent aussi à se rafraîchir. Marie trouva l'idée parfaite. Elle avait le mérite de la tenir éloignée de la télévision.

Coincée dans la salle de bains, la maître-nageuse improvisée se surprit à consulter, sur son téléphone, des sites internet dédiés à la reconversion professionnelle dans la fonction publique. Elle ne voyait pas vraiment comment son truc – comme disait Camille – pouvait être compatible avec sa situation actuelle. Mais il fallait bien commencer quelque part.

— Regarde, maman, je mets la tête sous l'eau et je garde les yeux ouverts, s'amusa Léon.

— Je termine la lecture de cet article, mon chéri, et je joue avec vous, mes petits poissons d'eau douce. C'est important, c'est pour le travail.

Florence revint de la danse avec les filles juste avant l'heure du goûter. Cela occupa encore un peu Marie, mais son regard revenait sans cesse se poser sur la boîte de cassettes vidéo de Camille, posée sur le meuble TV.

Elle se demandait pourquoi, durant toutes ces années, elle n'avait jamais demandé à son amie de les visionner. À chaque étape importante de sa vie, elle avait repensé à ces images. Marie se souvenait bien de ses réponses aux questions de Camille. Pour la bonne et simple raison qu'elle avait plus ou moins mis en œuvre tout ce qu'elle avait mentionné ce soir de solstice d'été 1996 :

— Faire un mariage d'amour.

— Avoir des enfants qu'elle élèverait en toute bienveillance.

— Trouver un travail dans lequel elle se sente épanouie et utile.

— Profiter de la vie culturelle lyonnaise.

Concernant les deux premiers points, elle avait atteint et même dépassé ses objectifs de jeunesse. Marie avait un époux en or et des enfants qui respiraient la joie de vivre. Elle s'en occupait du mieux qu'elle pouvait tout en faisant attention à ne pas trop les couver. Elle l'avouait, bien volontiers, cela fonctionnait pour les petits ET pour son mari. Elle aimait prendre soin de sa famille. Comme le disait souvent Richard pour la taquiner, elle ressemblait plus à sa mère qu'elle ne voulait bien se l'avouer.

Lorsqu'elle était adolescente, Marie n'avait qu'une idée en tête, se construire en opposition totale par rapport à ses parents. À seize ans, elle était dominée par deux sentiments contradictoires à leur égard. Elle était tout à la fois fière d'eux, de leur parcours, et gênée lorsqu'il s'agissait de parler de leur profession ou de montrer des photos de leur mariage. Ses origines modestes ne sont devenues une force et une source inépuisable de fierté que bien des années plus tard. Elle avait mis du temps à comprendre comment les pièces de son puzzle pouvaient s'imbriquer. Pourtant, dans le lycée privé qu'elle fréquentait avec Cam et Flo, il y avait pour l'époque une grande mixité sociale et Marie avait eu la chance de côtoyer des jeunes de tous les milieux. Le gros des troupes était assurément constitué de petits-bourgeois lyonnais mais les tarifs sur critères sociaux permettaient d'élargir le spectre. D'autant qu'au sein de sa bande d'Imbéciles Heureux, la peur des différences n'avait pas sa place.

Avant de les rencontrer, Marie avait des a priori sur les « gosses de bourges » comme Nico, Florence, Sandra ou encore Coco. Pour la jeune fille qu'elle était, tous ceux qui ne connaissaient pas la galère n'avaient pas vraiment voix au chapitre. S'ils ne savaient pas ce qu'était la vie qui devenait de la survie dès le 10 du mois, alors leur parole ne valait rien. C'était un excellent moyen de se protéger : ils ne l'excluaient pas, puisqu'elle-même ne les considérait pas. Et puis, au collège, elle avait rencontré Nico et révisé son jugement. Ce garçon ne connaissait pas la misère et ne la connaîtrait sans doute jamais mais il avait assez de cœur et d'empathie pour comprendre tout un chacun. Sa rencontre avec Charly avait été également très importante. Fils de diplomates, il avait été trimballé, ici et là, par des parents qui n'avaient jamais tenu compte de ses besoins. Ils l'avaient finalement laissé sur le bord de la route – enfin, chez ses grands-parents – à son entrée au lycée. Le garçon avait souffert d'un cruel manque d'amour, sans jamais le manifester. Florence ou Sandra quant à elles n'avaient jamais manqué de rien mais elles étaient les premières à s'élever contre les injustices, le racisme et les discriminations. Marie avait appris à les aimer et avait baissé la garde. Elle était comme eux, ils étaient tous des Imbéciles Heureux, peu importaient les origines, la religion ou la couleur de peau. Une bande d'amis soudés, solidaires et riches de leurs différences.

Florence et Marie étaient en train de jouer à un jeu de mime avec les enfants lorsque Camille rentra du travail. Elle embrassa tout le monde tout en vérifiant furtivement si la caméra avait été branchée. Dehors, le ciel était menaçant mais Camille proposa à Florence de l'accompagner faire un tour sur la place Sathonay, avec les enfants. Elle avait besoin de prendre l'air. Les six petits trépignaient devant la porte en attendant que Camille troque ses mocassins contre des nu-pieds.

— Bien tenté, mais tu ne m'auras pas ! J'ai vu ton petit mot et j'y vois clair dans ton jeu, lança Marie en enfilant ses sandales pour se joindre à eux.

— Je… Explique ? s'étonna son amie.

— Tu veux que je regarde ma cassette, comme ça après tu pourras dire que tu ne peux plus faire ton film parce que tu ne disposes pas des images où on découvre nos vieilles confessions. Ha ha ! Je t'ai eue ! clama Marie telle une détective qui trouve enfin le coupable.

Camille s'assit sur le banc en osier, sous le portemanteau de l'entrée. Elle regarda son amie sans trouver de réponse adéquate. Les enfants commençaient à s'impatienter.

— J'ai regardé ma bande toute seule et cela m'a fait ressentir des sentiments assez troubles. J'ai été… bouleversée de me voir à seize ans. Alors… J'ai simplement pensé que docu ou pas docu, je ne pouvais pas vous imposer ma présence pendant un tel moment. Mais si tu préfères me prêter des intentions lâches, ma foi !

Marie tendit une main vers elle, l'air contrit.

— Désolée. Je ne suis pas sympa d'avoir pensé que tu voulais te débiner. C'est comme quand tu as dit que Sandra avait toujours été têtue et qu'on s'est finalement dit qu'elle avait pu changer. Je t'ai prêté un défaut de l'ancienne Camille. Tu veux bien m'excuser, ma Cam ?

— Ce n'est pas exactement pareil, Marie. Sandra, on ne l'a pas vue depuis longtemps et nous n'avons jamais été aussi proches d'elle que nous le sommes toutes les trois. Je voudrais te dire que je suis hyper-vexée, mais…

— On pourrait pas plutôt se faire un gros câlin, proposa Florence, accroupie en train de fermer une énième boucle de sandales.

— Tu as raison, Marie. Je suis le genre de personne qui fonce pour lancer des projets et qui fuit dès qu'il faut concrétiser. Mais il y a trop d'élan autour de nous, trop d'impulsion et d'enthousiasme pour ne pas se laisser happer par le mouvement. La roue tourne, les filles !

— Nope ! Nous la faisons tourner ! C'est différent ! Toute cette allégresse, ce bouillonnement depuis que nous avons décidé de réunir la bande, c'est à notre initiative. Soyons-en fières ! s'emballa Florence en faisant sortir les enfants dans la cage d'escalier et indiquant à Cam de les suivre.

Marie resta seule et silencieuse durant cinq interminables minutes avant de se décider à se rendre dans le salon. Elle savait ce qu'il lui restait à faire.

21 juin 1996 – Marie :
« Être dans le présent. »

Marie fait un signe à la caméra en souriant. Elle retire la capuche du sweat-shirt qui cache un peu son visage. Ses yeux brillent sous le réverbère et sa prestance crève l'objectif.

« Alors Marie, bonjour.

— Bonjour !

— Est-ce que tu peux me donner ta vision du bonheur ?

— Alors, pour moi le bonheur, c'est avant tout un état de plénitude. Il faut réussir à faire une pause dans sa vie et se demander comment on se sent. Être dans le présent, sans regretter le passé ni appréhender le futur. »

Camille tourne la caméra pour parler en aparté à son amie.

« Tu triches, là ! T'as étudié la question ?

— Un peu !

— Le bonheur, c'est vivre l'instant présent, alors ?

— Peut-être ! Disons que si tu te convaincs que tu ne pourras être heureuse qu'avec un mari, des enfants, un super-job… un salaire qui te permet de faire tout ce dont tu as envie, etc., alors tu ne profites pas de ce que tu as pour le moment… Se projeter, c'est bien, mais il ne faut pas que cela gâche le présent et ses opportunités.

— Et là, en ce moment, tiens, est-ce que tu es heureuse ? relance Camille.

— Je crois, oui ! Par exemple, quand j'ai appris mon redoublement l'année dernière à la même époque, j'étais anéantie puis j'ai su voir les points positifs. Ne pas rester bloquée dans ma frustration de ne pas suivre mes amis en terminale et finalement… cela m'a permis de vous rencontrer. Nous avons formé notre bande et on s'éclate tous ensemble.

— Donc il suffit de savoir regarder le verre à moitié plein plutôt qu'à moitié vide ? suggère Camille.

— Entre autres ! Avant de vous fréquenter, à part Nicolas, je pensais que les gens comme vous ne se mélangeaient pas avec les personnes comme moi.

Camille coupe la caméra. Lorsqu'elle la rallume, elle est assise un peu plus près de son amie. On le devine par le cadre de son plan vidéo qui est plus serré. Le ton est plus intime.

« Marie, peux-tu me donner des mots qui t'évoquent le bonheur.

— Les amis, la famille, les rencontres, les moments partagés avec ceux que j'aime. Je suis heureuse quand je sais que mon entourage va bien. Impossible de parler de bonheur si autour de moi les gens sont malheureux. L'épanouissement de mes proches m'est indispensable.

— C'est pour ça que tu trouves toujours les mots pour nous aider à nous sentir mieux quand on va mal ? En fait, tu te fais du bien à toi aussi en nous encourageant à reprendre du poil de la bête.

— Je fais ça, moi ?

— Un peu mon neveu ! rétorque Camille.

— “Reprendre du poil de la bête”, “un peu mon neveu” ? C’est quoi, ton délire ? On dirait que t’as au moins trente ans ! Tu parles comme une vieille, ma Cam !

— Mais qu’est-ce qui m’arrive ? C’est Florence qui utilise ces expressions à la noix d’habitude.

— Et une de plus, une ! Avant quarante ans, on dit : “expressions à la con” pas “à la noix” ! »

Dans l’appartement de Camille, Marie rembobina sa bande pour la regarder de nouveau. Elle était au milieu de son deuxième visionnage, lorsque toute l’équipée fantastique rentra de sa baladc. Florence proposa de préparer un thé glacé. Marie la rejoignit, elle avait besoin de changer d’air pour s’affranchir des souvenirs qui semblaient avoir envahi toute la pièce.

Elle sentait les émotions s’entrechoquer en elle depuis qu’elle avait allumé la caméra et laissé ressurgir la jeune adolescente complexée. Pourtant, malgré les sollicitations de Florence et Camille, elle ne parvint pas à exprimer ce qu’elle ressentait. Tout lui semblait embué. Elle avait l’impression d’avoir pris une cuite ou d’être en plein décalage horaire. Elle se décida à partager cette unique sensation avec ses deux amies. Elle était « groggy ». De toute façon, il était déjà près de 18 heures, les mamans n’eurent pas besoin d’un mode d’emploi pour se rendre compte qu’il était temps pour chacune de rentrer et de commencer le rituel immuable de la fin de journée : bain, jeu, dîner, jeu et tout le monde au lit.

J -12

En rentrant chez elle, la veille, Marie avait éteint son téléphone après avoir prévenu Camille et Florence qu'elle s'offrait une petite parenthèse en famille.

Lorsque Richard était rentré du travail, il avait trouvé son épouse apprêtée et tout sourire. La jeune fille qui gardait les enfants n'allait plus tarder et il devait filer sous la douche pour être au restaurant à 20 heures, l'avait-elle informé. Leur soirée fut des plus délicieuses et il put constater que Marie semblait aller mieux. Elle lui raconta son après-midi en détaillant le contenu de sa vidéo sur le bonheur. Richard n'était pas certain de comprendre pourquoi cette confession, filmée vingt ans plus tôt, avait eu un tel effet bénéfique sur le moral de sa femme mais il la crut sur parole. L'essentiel était qu'elle ait enfin retrouvé cet élan intérieur qui la caractérisait si bien et qui nourrissait tous ceux qui l'approchaient de près ou de loin.

Au petit déjeuner ce matin, elle arborait un sourire radieux et un visage reposé. Depuis deux semaines, en arrêt maladie, elle avait fini par prendre les stigmates d'une personne vraiment souffrante. Lorsque Marie alluma son téléphone, une pluie de notifications tomba sur son écran d'accueil. Plusieurs messages de Flo et Camille, un de Lolo qui lui demandait de la rappeler à propos de Ross et un dernier des ressources humaines de l'université pour une précision sur son arrêt maladie.

Marie déposa les enfants à l'école un peu plus tôt que d'habitude. En les amenant dès l'ouverture, elle était certaine de ne pas croiser Florence et encore moins Camille l'éternelle retardataire. Elle se rendit ensuite à pied à son travail. Une vingtaine de minutes de marche lui permettraient d'organiser ses idées. Elle n'était pas certaine de ce qu'elle allait demander à sa gestionnaire de carrière, mais elle tenait, à présent, pour acquis qu'elle ne reprendrait jamais ses fonctions de chef de service. En passant à l'improviste, elle savait bien qu'elle courait le risque de trouver porte close mais il lui fallait agir. Aujourd'hui, ce matin, maintenant ! La veille, pendant leur dîner en tête à tête, Richard avait soulevé un point important. Si elle souhaitait se réorienter professionnellement, elle était bien placée pour savoir que le mois de juin était la dernière limite pour engager ses démarches. Il était même presque un peu tard. Mais elle avait l'avantage d'être maîtresse dans l'art de monter des dossiers, formuler des demandes et argumenter l'impossible. Même pas peur !

Béatrice l'accueillit à bras ouverts, les viennoiseries que Marie avait eu la bonne idée d'apporter l'aidèrent à briser la glace. Autour d'un café, entre collègues qui s'entendaient à merveille depuis des années, Marie expliqua son trop-plein, son besoin de mettre à profit ses aptitudes naturelles. Lorsque son interlocutrice lui demanda de préciser sa pensée, Marie lui répondit tout de go qu'elle ne savait pas ce qu'elle voulait faire mais qu'elle était certaine de ce qu'elle ne voulait plus faire. Elles évoquèrent ensemble une période de réflexion et un bilan de compétence, mais se trouvèrent coincées par les aspects administratifs. Marie ne pouvait pas et ne voulait pas rester en congé maladie. Malheureusement, prendre une disponibilité impliquait des délais et surtout une absence de salaire. Les deux femmes convinrent d'un rendez-vous la semaine suivante.

En quittant l'université, elle sortit son portable et y trouva un nouveau message de Samira également adressé à Florence et Camille.

Samira :

Salut les filles, j'ai brièvement évoqué avec Marie, les embrouilles entre Lolo et Sandra. Je crains que cela ne soit pas tant que ça de l'histoire ancienne. Je l'ai eue au téléphone et elle sera présente le 21 juin, mais je ne peux pas garantir que tout cela se passe comme sur des roulettes. Elle viendra par respect pour Charly et pour Les Imbéciles Heureux, mais il faudra peut-être que vous m'aidiez pour détendre l'ambiance. Elle a la rancœur tenace !

Flo :

C'est déjà une super-bonne nouvelle de savoir qu'elle sera parmi nous. Bien joué Sam ! Tu penses que cela peut arranger les choses si je l'appelle avant ?

Cam :

Ouaiiii ! On tient le bon bout ! Il ne manque vraiment plus que Ross maintenant. Je peux aussi téléphoner à Sandra si ça peut aider.

Marie prit connaissance des messages et se contenta d'envoyer un petit smiley clin d'œil. Elle profita du chemin du retour pour appeler Lolo.

— Olà, M'dame ! Je commençais à désespérer que tu me rappelles et j'allais envoyer un message sur la conversation avec toute la bande.

— Désolée, j'avais un rendez-vous, mentit à demi Marie. Comment puis-je t'aider ?

— Eh bien, je ne voulais pas prévenir tout le monde sans t'en parler avant, parce que je suis certain que tu vas trouver une solution.

— Décidément ! ironisa-t-elle.

Elle commençait seulement à prendre conscience de son rôle attitré.

— Hier soir, j'ai reçu un message de Séb ! reprit Lolo.

— Yeees ! T'es trop fort ! Comment tu l'as retrouvé ?

— Non, mais attends, ne nous emballons pas, les nouvelles ne sont pas bonnes. J'ai eu une révélation il y a deux jours. J'avais la certitude qu'il n'avait pas pu arrêter de se produire sur scène. Il a ça dans la peau. Comme nous avions constaté qu'il avait fermé ses pages sur les réseaux sociaux sous son vrai nom, Sébastien Rossignol, j'ai lancé des recherches sous le nom de Ross, en pensant qu'il utilisait peut-être un pseudo, un nom de scène ou je ne sais pas comment ça s'appelle.

— Bien vu ! le félicita Marie. Et donc ?

— J'ai trouvé une chaîne YouTube au nom de Ross Galère.

— Comme Ross Geller dans *Friends* ! Le jeu de mots est bien trouvé !

— Ouep et comme son surnom au lycée. Bref, j'ai envoyé un message privé. Et il m'a répondu hier. Il semblait étonné que je le contacte et il n'est carrément pas chaud pour nous revoir. J'ai bataillé un peu, j'ai demandé si on pouvait se parler en Facetime et…

— En face quoi ?

— Mais t'as quel âge, Marie ? C'est une application pour parler et se voir en même temps. Il a refusé, de toute façon. J'ai demandé s'il pouvait au moins me donner son nouveau numéro de téléphone pour l'ajouter à notre conversation groupée. J'ai avancé à pas de loup, tu vois, genre « ce sera l'occasion d'avoir des nouvelles de tout le monde ». Au fond de moi, je me disais que nous lire sur WhatsApp, ça le ferait peut-être changer d'avis. Il a carrément refusé. Son dernier message disait en gros : « Non, je ne viendrai pas. Après l'heure, c'est plus l'heure. » Il faut se rendre à l'évidence, il n'a aucune envie de voir Les Imbéciles Heureux.

Marie n'en croyait pas ses oreilles. Son vieil ami, toujours prompt à faire la fête, à prendre un verre avec la bande, voulait tirer un trait sur eux. Elle peinait à garder son calme. Lolo dut lui rappeler à plusieurs reprises qu'il n'était que le messager.

— Et quand tu as dit que c'était l'occasion de rendre hommage à Charly, il n'a même pas semblé gêné ?

— Euh… je n'en ai pas parlé, en fait. Je ne sais pas s'il est au courant que Charly est mort, alors le lui balancer de but en blanc, par écrit, j'ai jugé ça trop violent.

— Ça expliquerait tout ! Si ça se trouve, il ne sait pas. T'as été sympa de ne pas lui annoncer par mail. Mais je ne peux m'empêcher de penser que, s'il savait que cette réunion est aussi en mémoire de Charly, il changerait sûrement d'avis. Il ne peut pas être devenu con à ce point, quand même !

— J'y ai pensé aussi. J'ai tenté de relancer la discussion en lui disant que j'avais quelque chose de très important à lui dire, mais je n'ai pas eu de réponse.

Plusieurs fois au cours de cette conversation, Marie eut l'impression que Lolo la préservait de l'animosité contenue dans les messages de Séb. Il ne voulait pas la blesser. Il semblait profondément déçu lui aussi par la réaction de leur ami. S'il avait pu, il se serait bien gardé de lui rapporter leur échange, mais il ne se sentait pas d'annoncer la mauvaise nouvelle à tous les autres.

— On va le voir ! On monte à Paris la semaine prochaine et on lui demande de nous dire en face les raisons d'une telle ingratitude, proposa Marie, folle de rage.

— Je suis carrément partant pour y aller avec toi. Au mieux, si j'ose dire, on pourra lui annoncer la mort de Charly de visu et au pire, on le confrontera à son refus. Je suis sincèrement désolé, Marie, si mon appel t'a mise en rogne et aussi d'avoir échoué dans ma mission.

— Non, non, ne t'excuse pas. Tu as très bien fait de m'en parler avant. Si tu veux bien m'aider et garder encore un peu le secret ? Après tout, qui sait, si ça se trouve il va se raviser de lui-même. En attendant, on garde l'info pour nous.

— Compte sur mon silence. Je suis une tombe ! OK, c'est pas une super-métaphore compte tenu de Charly…

— T'en fais pas, Lolo ! On va le faire changer d'avis ou au moins lui donner la pièce du puzzle qui lui manque avant de baisser les bras.

— J'étais certain de pouvoir compter sur ton opiniâtreté ! T'as pas changé, Marie !

Une femme forte

Depuis quelques jours, Florence sentait une étrange vague l'envahir, mêlée de nostalgie et de douceur. Cela occupait toute sa poitrine et lui donnait une impression de réconfort qu'elle n'avait pas éprouvée depuis très longtemps.

Elle avait décidé de tourner cette foutue roue, d'avancer. Depuis la mort de Charly, elle ne s'était pas vraiment écroulée. Elle était restée debout pour les enfants et malgré les mises en garde de son entourage, le contrecoup, dont on lui avait rebattu les oreilles et qu'elle avait fini par craindre, n'était jamais venu.

Depuis des mois, elle avait trouvé étrange cette obstination des gens à vouloir absolument que tout le monde passe par certaines étapes obligées. Un couple allait se marier : ils auraient des doutes à la veille de la cérémonie ; une femme accouchait : on lui promettait un baby blues ; quelqu'un vivait un drame et parvenait à l'affronter : un terrible contrecoup le guettait.

Florence était une femme forte, elle le savait déjà avant la mort de son mari. C'était grâce à cela qu'elle avait su faire face. Elle avait su, dès qu'elle avait vu Charly étendu, froid et silencieux à jamais, au funérarium qu'elle se relèverait de cette horreur.

Devant les personnes plus fragiles, plus éprouvées, elle ne se serait jamais permis de s'en vanter. « J'ai tenu bon parce que je savais que j'en étais capable. » Comment dire cela à celui ou celle qui souffre de dépression ? Elle savait très bien que c'était une maladie qui frappait au hasard les forts comme les faibles.

Dans les premiers temps, elle avait ressenti une grande fierté en pensant à ce qu'elle parvenait à mobiliser comme énergie pour tenir la barre. Elle se répétait inlassablement : « Le pire, ce n'est pas toujours le drame qui survient, c'est parfois ce que l'on en fait. » Elle ne se souvenait plus où elle avait lu ça, elle l'avait peut-être bien inventé d'ailleurs. Maintenant qu'elle allait un peu mieux, elle ressentait presque de la honte de s'être sortie de son trou. Elle devait à présent affronter un nouveau défi : réinventer sa famille sans Charly. Penser l'avenir pour elle et ses filles. La première question était de savoir si elles devaient rester dans l'appartement qu'ils avaient occupé depuis leur mariage. Elles pourraient tout autant mettre les voiles, faire un grand voyage, partir plusieurs mois ou s'installer dans une autre ville, à la campagne, au bord de la mer. Tout était possible et tout était entre les mains de Florence. Elle trouvait cela vertigineux. Contre toute attente, elle décida de ne pas en parler à ses deux meilleures amies pour le moment, encore moins à son frère.

Elle voulait attendre la réunion des Imbéciles Heureux avant de s'autoriser à penser à la suite. Ce serait l'ultime adieu de Charly, et, pour elle, le début de sa nouvelle vie.

Ce soir-là

Cela faisait cinq jours qu'ils avaient ouvert la discussion sur WhatsApp. Nicolas était resté en retrait, ne publiant que de rares messages pour saluer les nouveaux venus. La bande pour lui, c'était de l'histoire ancienne. Il était content de les revoir, mais aucun ne lui avait véritablement manqué. Il avait su conserver autour de lui ceux qui comptaient le plus à ses yeux : sa sœur et ses deux sœurs par procuration mais aussi Charly et, au fil des années, Richard et Gus.

Du lycée, il avait gardé les meilleurs souvenirs. C'était sans nul doute une des plus belles périodes de sa vie, mais c'était aussi le temps des doutes, des trop-pleins de tout, des débordements et à bien y réfléchir, il était bien plus épanoui adulte qu'il ne l'était à dix-sept ans. Et puis, il y avait cette histoire de cassettes retrouvées par Camille et qui mettait les filles dans tous leurs états. Nicolas n'était plus certain d'avoir envie de se revoir à cet âge. Il avait dû raconter tout un tas de bêtises et de fadaises devant l'objectif de son amie.

Que pourrait-il bien inventer pour que Camille renonce à le filmer à nouveau ? Il n'avait qu'à se prêter au jeu de l'interview puis refuser de regarder les anciennes bandes.

À cette pensée, il imagina Marie et Florence le ligoter dans le salon de Cam pour le forcer à participer. Rien à faire, il savait qu'il allait devoir s'y plier. Aucune des trois femmes ne lui pardonnerait s'il ne se livrait pas à l'exercice. Qu'est-ce qu'il ne ferait pas pour faire plaisir à sa sœur !

Par-dessus tout, Nicolas espérait qu'après la réunion de la bande, Florence ne serait pas déçue. Ce projet, mené de main de maître par sa sœur grâce à l'aide de Camille et Marie, il ne l'avait pas bien accueilli au début. Il craignait qu'il s'agisse d'une lubie, jusqu'à ce que Cam lui rappelle leur conversation, le soir où ils avaient reçu le coup de téléphone qui avait brisé la vie de sa sœur. Alors le frère dévoué avait accepté de faire ce qu'elles attendaient de lui, être présent et approuver leur entreprise. Plus tard, quand il aurait la certitude que sa sœur allait mieux, il pourrait souffler un peu.

Nicolas, comme Camille, vivait son deuil par procuration et par intermittence. Dix-huit mois de chagrin alterné. Un jour le sien, un autre celui de Florence. Charly faisait partie de sa vie, de ses amis proches et finalement de sa famille. Nicolas n'avait pas eu de frère, mais le mari de sa sœur avait été pour lui un frère de cœur, bien plus qu'un beau-frère. Il s'était souvent demandé comment il aurait fait si Flo et Charly avaient divorcé. Lorsque son couple avait commencé à battre de l'aile, son pote Charly avait été un soutien sans faille. Il se faisait l'avocat du diable chaque fois que Nicolas se plaignait de sa femme. C'est dans ces moments-là que se révèlent les vrais amis. Il était là, présent, compatissant, mais jamais complaisant. Il savait lui dire quand il se plantait, s'opposer à ses envolées et ne craignait jamais de le contrarier. Il lui disait, de sa voix grave : « T'es sûr que tu n'en rajoutes pas un peu, là ? C'est toujours celle dont tu es tombé amoureux. Fais un effort pour te souvenir de toutes les raisons qui ont fait d'elle celle que tu as choisie pour te reproduire. » Ça les faisait marrer. Les conseils de Charly n'avaient pas été suffisants pour sauver le mariage de Nicolas, mais ce dernier savait avec certitude que sans lui, ils auraient non seulement planté leur mariage, mais aussi leur séparation. Nicolas ne manquait jamais de le remercier d'être là pour lui. Et puis un jour, il ne l'était plus.

Un fait divers dans les pages du *Progrès*.

Hier soir, vers 18 heures, un accident sur le périphérique Nord a provoqué la mort de deux hommes. Les conducteurs impliqués avaient respectivement trente-six et quatre-vingt-quatorze ans. Le choc frontal a eu lieu alors que le plus âgé des conducteurs, atteint de démence sénile, roulait depuis plusieurs minutes à contresens sur la voie rapide.

Suite à l'accident, le responsable de la Brigade des accidents et délits routiers a déclaré : « Compte tenu de la fréquentation automobile habituelle à cette heure-ci, le bilan aurait pu être encore plus dramatique. Heureusement, nous constatons l'efficacité des dispositifs de prévention installés récemment. Les panneaux à messages variables ont relayé très rapidement l'information d'un conducteur circulant dans le mauvais sens et ils ont été pris en considération par les conducteurs présents sur la zone. »

Les lecteurs de la presse quotidienne se sont émus. Certains indignés qu'une personne âgée et malade puisse échapper à toute surveillance, d'autres ont même tenté d'instrumentaliser l'événement à des fins de politique locale.

Réunis chez lui, ils l'attendaient pour passer à table. Un dîner entre amis, comme ils en faisaient régulièrement. Ils avaient opté pour une soirée sans enfants. C'était la grande question chaque fois qu'ils se voyaient : avec ou sans les gosses ? Un dîner par mois, dans la mesure du possible.

Le téléphone de sa sœur a sonné, elle a blêmi, a demandé à son interlocuteur de bien vouloir répéter tout en lui ordonnant d'un geste de baisser la musique.

« Bien. Je vous remercie de m'avoir prévenue. J'arrive immédiatement. Oui. D'accord. Non, je ne suis pas seule. Je vais me faire accompagner. Merci. »

Elle a posé le téléphone sur la table et n'a pas réussi à dire un mot pendant une longue minute. Marie, Camille et Nicolas avaient les yeux rivés sur elle. Sans saisir la gravité de la situation, ils ont insisté pour qu'elle leur dise ce qui venait d'interrompre leur soirée pour la mettre dans un tel état.

« Charly ne viendra pas, a-t-elle répondu d'une voix blanche qui hante encore son frère.

« — Fait chier ! J'avais pris une super-bouteille de bourgogne exprès pour lui. Il ne sait pas ce qu'il manque.

« — Il va finir tard ? a demandé Marie. Il peut nous rejoindre après. Je ne sais pas vous, mais personnellement, je ne suis pas contre une loooongue soirée entre potes. J'ai passé une semaine horrible au taf...

« — Je dois aller le rejoindre », s'est excusée Florence en essayant de se lever de sa chaise, avant de comprendre que ses jambes ne pouvaient pas la porter.

Ils se sont précipités vers elle, craignant un malaise.

« Charly est mort. »

Plusieurs minutes sont passées sans qu'aucun des convives ne parvienne à prononcer un seul mot. Florence a fait mine de se lever à nouveau, mais Camille et Marie l'en ont empêchée. Nicolas est descendu récupérer sa voiture au garage tandis que les filles prévenaient les baby-sitter qu'elles allaient devoir faire des heures supplémentaires.

Le 8 décembre à Lyon est une institution, un soir de fête. Quand ils étaient gamins, comme tous les gones et fenottes, ils mettaient des lumignons sur les rebords de leurs fenêtres.

Des milliers de petites bougies illuminaient la ville. De simple tradition, cette date est devenue un événement de la vie lyonnaise. Désormais, les appels d'offres sont publiés à peine l'édition précédente achevée. Tous les bâtiments sont animés et le spectacle s'étale sur les immeubles mais aussi dans toutes les rues. Les riverains du centre-ville voient arriver chaque année, pendant quatre jours, une horde de touristes venus du monde entier pour contempler cette féerie architecturale.

Florence est montée sur la banquette arrière entourée de ses deux meilleures amies. Gus, qui était arrivé entre temps, s'est installé à côté de Nicolas. Il a entré l'adresse de l'hôpital dans son GPS. Pas le courage de taper « morgue », ils trouveraient bien, une fois sur place. La circulation était interdite dans la presqu'île en raison des festivités. Nicolas a conduit jusqu'aux quais du Rhône sans trop d'encombres, mais au moment de s'engager sur le pont Morand, deux motards les ont encerclés. Nicolas s'est arrêté et a regardé Gus, désemparé. Sans qu'il prononce un seul mot, son ami a compris qu'il n'était pas en état de s'expliquer avec quiconque. Gus a ouvert la boîte à gants pour prendre les papiers puis il est descendu du véhicule en levant les mains pour ne pas risquer de se faire trouer la peau. C'est tout lui, ça ! En situation de crise, il garde la tête froide. C'est un homme droit et solide. Il a échangé avec les forces de l'ordre quelques minutes, leur a expliqué qu'ils amenaient une passagère identifier le corps de son mari. Les gardiens de la paix ont pris la mesure du drame qui venait de les frapper et ont proposé à Gus de les escorter. Nicolas se souvient encore des lumières, des projections colorées sur les façades, cette ambiance Disneyland dans leurs rues, ces visages d'enfants émerveillés devant tant de magie. Il se forçait à garder les yeux sur la route. Dans le rétroviseur, sa sœur était éteinte.

Après une dizaine de minutes d'un silence de plomb dans l'habitacle, les policiers leur ont signifié d'un geste qu'ils pouvaient continuer leur route sans eux. Ils n'avaient plus besoin de leur aide, la foule de badauds était moins dense. Nicolas a baissé sa vitre pour les saluer et les remercier, le froid est entré dans la voiture mais les passagers étaient déjà glacés. Avant de démarrer en trombe, l'un des deux hommes leur a souhaité une bonne soirée et par réflexe, Nicolas leur a retourné la politesse.

« Merci. Bonne soirée à vous aussi, messieurs ! »

Il s'est aussitôt mordu la langue d'avoir répondu une absurdité pareille. Il a jeté un coup d'œil à l'arrière de la voiture et a vu les épaules de sa sœur tressauter.

« Excuse-moi. Je... Pardon... C'était très maladroit... Je... »

Les nerfs de Florence ont lâché en même temps que ceux de ses amis, ils ont été gagnés par un fou rire nerveux absolument hors de propos, compte tenu de leur destination. Le feu est passé au vert et Nicolas a conduit sa sœur auprès de son défunt mari.

Durant les mois qui suivirent ce funeste 8 décembre, à bien des égards, son comportement fut semblable à celui de Camille. Il ne s'autorisait jamais à manifester son chagrin devant sa sœur. Il était anéanti, mais donnait le change en public, en famille, entre amis. Heureusement, il sut créer autour de lui un espace de parole avec Gus et Richard. Eux aussi avaient perdu un ami mais s'attelaient à aider Nicolas à encaisser le coup. Cela faisait toujours mal, bien sûr, mais Nicolas trouvait dans le soutien qu'il apportait à sa sœur, l'énergie du désespoir, la force d'aller de l'avant. Si elle y arrivait, elle, alors il pouvait le faire. Il devait bien ça à son pote Charly.

J -11

À peine sortie du lit, Camille envoya un message à Marie pour lui demander de l'attendre devant l'école des enfants. Elle avait songé toute la nuit à ce que son amie lui avait rapporté de sa conversation avec Lolo.

Séb « Ross » ne voulait plus les voir. Il n'avait pas vraiment de raison, il n'était fâché avec aucun des Imbéciles Heureux, mais il n'avait simplement pas envie de participer à la réunion du 21 juin. La réaction de son ami de lycée mettait Camille hors d'elle. Il lui avait fallu des heures pour s'endormir. Elle s'était finalement accordé un peu de sommeil, une fois son plan bien établi. Elle allait accompagner Lolo et Marie à Paris le jeudi suivant, ils attendraient Ross à la sortie de son cours de théâtre et l'obligeraient à se justifier. Elle ne pouvait se résoudre à accepter un simple « non ». S'il le fallait, elle dégainerait l'argument « Charly ». Ce n'était pas vraiment du chantage affectif, après tout. Et même si cela y ressemblait, elle s'en moquait pas mal. Florence avait besoin de tous ses anciens copains, rassemblés autour d'elle, pour un dernier adieu à son mari. Charly avait été leur ami à tous et un de ceux que l'on regrette, dont on honore la mémoire.

Hors de question de baisser les bras. Cam ne se gênerait pas pour rappeler à Ross tout ce que leur défunt camarade avait fait pour lui. Au lycée, il l'encourageait après chacune de ses pièces de théâtre ; pendant leurs études, il rameutait tous leurs copains de fac pour gonfler les rangs des spectateurs lors de ses représentations. Charly était même allé jusqu'à Paris pour le soutenir lors de sa première date à la capitale. Camille ne comptait pas s'avouer vaincue si facilement. Sans parler de son documentaire dans lequel elle ne pouvait concevoir qu'il manque Charly pour des raisons évidentes et Ross pour d'autres, qu'elle ne s'expliquait pas.

Quand elles se retrouvèrent devant l'école, Marie lui confirma qu'elle partageait entièrement son point de vue. Elles deux plus Lolo en action, Ross n'avait qu'à bien se tenir ! Une fois raccord sur le plan, Camille la quitta, regrettant de ne pas avoir le temps de prendre un café. En ce moment, elle arrivait au bureau le plus tôt possible pour pouvoir repartir à l'heure pile. Plus d'heures supplémentaires pour elle. Elle avait donné tout ce qu'elle avait ces dernières années et se demandait, à présent, ce que cette dévotion lui avait apporté. Respect, autonomie et gratitude de sa hiérarchie et de ses collègues, soit ! Mais au prix de son temps libre, de ses fins de journées avec son fils et maintenant qu'elle y pensait, de moments qu'elle aurait pu partager avec Gus. Ça suffisait ! Désormais, elle ferait ce que l'on attendait d'elle sans en rajouter. Ses projets personnels ne passeraient plus jamais après son travail.

Pendant sa pause-déjeuner, elle mangea un sandwich devant son ordinateur et en profita pour réserver trois allers-retours Lyon-Paris pour la semaine suivante.

Alors qu'elle s'apprêtait à se remettre au travail, elle reçut un appel de Florence. Peu importait l'heure ou ce qu'elle était en train de faire, depuis la mort de Charly, Camille répondait toujours à son amie.

— Je suis survoltée, ma Cam. Je viens d'avoir la direction de Saint Bruno. Il faut que je leur renvoie un courrier officiel et ils examineront notre demande au prochain conseil d'établissement. Je crois bien, ma Cam, que l'on va pouvoir investir le stade pour notre petite fiesta.

— C'est génial ! Voilà un souci de moins à gérer.

— Pourquoi un de moins ? On a d'autres problèmes ? Tout roule, non ?

— Façon de parler ! répondit Camille pour rattraper sa gaffe.

Florence, exaltée par la bonne nouvelle, n'en demanda pas plus. Décidément, Camille et son enthousiasme débordant n'en loupaient pas une.

Elle écrivit à Marie et Lolo.

C'était moins une, j'ai failli balancer à Flo que Séb n'était pas chaud pour le 21. Il ne faut surtout pas qu'elle l'apprenne, ça lui ferait beaucoup de peine. Lolo, tu te sens de poster sur le groupe un message pour dire qu'il est OK, s'il te plaît ? On improvisera si on n'arrive pas à nos fins.

Tu n'as pas changé, Cam ! Hahaha.
Toujours aussi gaffeuse.

Camille sourit. Apparemment, c'était dans la nature humaine de porter des jugements un peu datés d'après de vieux souvenirs. Dans ce cas précis, cela dit, elle devait reconnaître qu'elle était restée la même, toujours à deux doigts de se trahir à cause de son impulsivité.

Camille n'avait vraiment pas la tête à se replonger dans son dossier mais sa conscience professionnelle reprit le dessus. Elle rangea son téléphone dans son sac à main et fit de son mieux pour se concentrer. Sa productivité en avait pris un sacré coup, ces derniers jours.

Marie passa la matinée à faire des recherches sur Internet. Elle eut beau tourner les informations dans tous les sens, elle n'avait pas la moindre idée de ce qu'elle pouvait bien faire de son « truc ».

Quand Camille lui avait parlé de ses aptitudes à accompagner et encourager les vocations des autres, elle avait pris cette révélation comme une bénédiction. Tout au fond d'elle, elle savait depuis longtemps qu'elle était douée pour ça. Au fil du temps, elle avait fait le constat que ceux qu'elle aidait, dès lors qu'ils mettaient ses conseils en pratique, finissaient toujours par connaître succès et victoires. Mais que pouvait-elle bien faire de cette information ? Devenir conseillère d'orientation ? Chargée d'insertion ? Coach personnelle ? Par où prendre le problème ? Des études de psychologie seraient trop longues. Surtout, elle se devait d'être honnête avec elle-même. Depuis qu'elle connaissait Camille, elle lui avait reproché des dizaines de fois sa peur panique de se lancer dans un projet et de le mener à terme ; c'était donc, à son tour, d'affronter ses craintes quasi pathologiques. Marie était tétanisée par les examens, les contrôles et autres tests. Ses amies avaient raison, elle devrait peut-être consulter un spécialiste pour évoquer sa phobie des diplômes et son choix surprenant de travailler au sein d'une université. *Paradoxe quand tu nous tiens !*

Richard lui avait dit mille fois qu'avec son pouvoir de persuasion, elle devrait se lancer en politique. Cela la flattait et l'amusait à la fois. Elle exécrait la politique politicienne ; cela aurait été un comble qu'elle en fasse un choix de carrière. Béatrice, des ressources humaines, lui avait parlé de l'IRA, l'Institut Régional d'Administration. C'était une piste, mais cela lui demandait :

1 : d'accepter de s'asseoir sur les bancs d'une école à nouveau ;

2 : de postuler au prochain recrutement et rien que cela lui semblait insurmontable.

Tandis qu'elle préparait le déjeuner de ses enfants, une phrase ne cessait de touner en boucle dans sa tête. Ses propres reproches à Camille : « Qu'est-ce que tu as à perdre ? Gnagnagna. Et au pire, tu te plantes ? Gnagnagna. C'est toujours moins grave que de ne pas tenter par peur du résultat ! Gnagnagnère. »

Comme tous les vendredis, Florence récupéra ses enfants à la sortie de l'école pour aller goûter chez sa grand-mère Jeanne. Après un saut chez Bernachon pour se procurer les religieuses au café qu'elles partagaient avec gourmandise depuis des années, toute la famille s'installa dans le petit studio de la résidence Bel-Âge. Lorsque les filles embrassèrent Paddy et que la benjamine lui dit « Bonjour papy », le vieil homme sentit son cœur fondre, ce qui n'échappa pas à Jeanne, qui se moqua de lui en l'appelant « cœur d'artishoke » pendant plus d'une heure. Depuis qu'ils se fréquentaient, Jeanne s'était inscrite à des cours d'anglais. Elle n'avait pas la prétention d'apprendre à parler la langue, elle trouvait seulement hilarant de parler franglais. Elle était devenue la reine du mélange linguistique.

Comme à chacune de leur visite, l'octogénaire leur prépara le chocolat chaud dont elle avait le secret. Une fois les douceurs englouties, la mère de famille proposa de descendre dans le jardin partagé, pour profiter de la fraîcheur de cette fin de journée. Son infatigable mamie sauta sur l'occasion pour inviter quelques amis à les rejoindre. Sa bande à elle.

En les voyant arriver un par un, sourire goguenard accroché aux lèvres, Florence se demanda ce qui poussait les individus à se regrouper ainsi entre amis. À quoi cela pouvait-il bien tenir ? Ce n'était pas une question de manque d'amour ou d'attention, un besoin de s'entourer pour pallier une structure familiale défaillante. Les Imbéciles Heureux, puis plus tard le petit microcosme amical qu'elle, Marie, Camille, Nico et tous leurs conjoints avaient formé, comptait en son sein autant de situations familiales différentes que d'individus. Ce n'était pas non plus une histoire d'âge. Quand ils s'étaient rencontrés, les amis de sa grand-mère devaient avoir près de cinq cents ans à eux tous. Peut-être que certaines personnes étaient faites pour vivre au sein d'un clan alors que d'autres préféraient naviguer en solitaire.

— Tu avais déjà eu une bande, toi, avant de rencontrer Lucienne, Léon, Paddy, Jo et Loulou ? Je me souviens qu'avec papy vous aviez beaucoup d'amis, mais est-ce que vous étiez aussi soudés ?

— Non ! Je n'ai jamais rien vécu qui ressemble de près ou de loin à ce que j'ai trouvé avec ces zouaves-là, plaisanta Jeanne en désignant les octogénaires en train de jouer dans le bac à sable avec les filles de Florence. Si je m'étais contentée de bouder dans mon coin quand tes parents m'ont fichue ici, je serais passée à côté de tout ça.

— Je ne sais pas pourquoi je tiens autant à réunir ma bande du lycée. Pour la plupart, nous n'avons eu, presque, aucun contact depuis des années... mais ils restent importants à mes yeux. J'ai envie de lever mon verre avec eux, en souvenir de Charly, mais aussi de ce que nous étions.

— Trinquez à la mémoire de notre regretté Charly, c'est certain ! Mais buvez plutôt un coup en l'honneur de ce que vous êtes devenus aujourd'hui.

— Tu sais, mamie, j'essaie de la tourner la roue.

— Je vois ça, ma cocotte.

Sur le chemin du retour, Alice demanda à sa mère de lui « lire une histoire dans sa tête ». Florence adorait cet exercice. Elle enjolivait à peine ses souvenirs dans lesquels, elle et leur tonton Nicolas, hauts comme trois pommes, vivaient des aventures incroyables en compagnie de Mamie Jeanne. La vieille dame avait pris soin d'eux pendant que leurs parents prenaient soin de leur entreprise. La grand-mère avait eu le don de mettre de la magie dans leur quotidien. Chasses au trésor, cabanes géantes dans le salon familial, jeux de rôles qui pouvaient parfois durer plusieurs jours… Jeanne avait été une femme discrète en société jusqu'à sa rencontre avec sa bande de petits vieux, mais elle avait, en revanche, toujours fait preuve d'une imagination à nulle autre pareille dès lors qu'il s'agissait d'émerveiller ses petits-enfants. Avec ses arrière-petits-enfants, c'était plus compliqué, elle était très âgée, mais elle parvenait encore à faire briller leurs yeux. Sa fantaisie de vieille dame, fraîchement rebelle, faisait leur bonheur.

Juste avant d'arriver chez elles, Alice, qui avait senti l'émotion s'installer dans la voix de sa mère, au fil de son récit, lui réclama un câlin. Florence obtempéra sur-le-champ. Elle s'accroupit pour être à la hauteur de ses trois filles et les prit tour à tour dans les bras. Tandis qu'elle enlaçait Dorothée, cette dernière lui demanda tout de go, comme le font si bien les enfants, pourquoi elle ne parlait jamais de leur père dans ses histoires. Florence se sentit vaciller. Ses tempes lui firent soudain très mal. Elle savait que cette fois-ci, elle n'y couperait pas. À la mort de Charly, elle avait fait ce qu'il fallait. Elle avait lutté et sauver les apparences pour ses filles. Elle avait accepté toutes les sorties, les sollicitations. C'était son moyen de se raccrocher à la vie. Elle se disait parfois que même si Charly n'était pas mort, mais l'avait « seulement » quittée, elle aurait « géré » la situation de la même manière. Sans nul doute, un héritage tout droit venu de sa coriace grand-mère Jeanne. Elle pouvait être fière, elle l'était. En revanche, il y avait une chose qu'elle ne parvenait pas encore à faire, dix-huit mois plus tard : évoquer le père de ses filles, la famille heureuse qu'ils avaient formée. Quand les enfants en parlaient, elle leur répondait. Mais elle n'en prenait jamais l'initiative. Elle avait presque fait son deuil.

Mais elle peinait encore à faire celui de leur famille. Cela revenait à accepter la mort de « sa vie d'avant » et tant qu'elle n'avait pas de plan pour la suite, elle s'y refusait.

— Je ne vous en parle pas parce que dans les histoires que je vous raconte, Tonton et moi sommes encore petits. Je ne connaissais pas encore votre papa à cette époque, mes amours. Il est entré dans ma vie lorsque j'avais seize ans.

— Mais alors nous, on veut des histoires de quand t'étais grande et que t'avais rencontré papa, demanda Charlotte.

— Laissez-moi quelques jours pour y réfléchir. Je vais vous concocter la plus belle histoire d'amour, un roi et une reine qui vivent heureux et ont trois beaux enfants. C'est promis !

Le soir, en se glissant dans son lit, Florence tourna les souvenirs de sa rencontre avec Charly dans tous les sens. Elle se releva et prit de quoi écrire. Ses petites princesses avaient passé commande pour une histoire avec leur père. Florence adorait les défis et celui-ci était de taille. Elle gribouilla, ratura et recommença, en vain. Demain, elle appellerait sa grand-mère. C'était elle, la spécialiste des récits merveilleux. En éteignant sa lampe de chevet, Florence songea à tous les moments de sa vie où elle avait trouvé de l'aide auprès de sa Mamie Jeanne. Depuis qu'elle s'était fourré en tête de reprendre les manettes de sa vie, elle avait pu imaginer son quotidien sans Cam et Marie, même sans son frère adoré. Si elle se décidait à partir, ce serait sûrement très dur de ne plus les voir tous les jours ; mais elle était prête à tenter le coup. En revanche, s'installer ailleurs, voyager quelque temps ou plus longtemps, elle savait que c'était renoncer à partager les dernières années de vie de sa grand-mère. Pas sûr qu'elle en trouve le courage.

J -8

Florence et Camille avaient promis à Marie d'être à l'heure à la sortie de l'école. Les amies ne s'étaient pas vues depuis une éternité, tout un week-end en fait. Pour elles, c'était le bout du monde. Elles avaient prévu de prendre un verre sur la place en fin de journée, mais les terrasses avaient été prises d'assaut. Camille se rendit à la supérette pour acheter des boissons fraîches, quelques fruits et des biscuits pour le goûter des enfants. Pendant ce temps-là, Florence et Marie se chargeaient de la délicate mission de trouver deux bancs mitoyens à l'ombre des marronniers. Une fin de journée comme elles les aimaient.

C'est ce moment-là que Florence choisit pour évoquer un possible déménagement ou un départ en vacances prolongées. Camille et Marie éclatèrent de rire en même temps. Elles savaient que leur amie était une femme de « clan ». Elles ne l'imaginaient pas une seule seconde capable de vivre loin de sa grande famille Legaud et encore moins loin d'elles deux. Si elle en ressentait vraiment le besoin, pensaient-elles, elle partirait avec ses filles quelques semaines, tout au plus. Un beau voyage leur ferait le plus grand bien. En revanche, partir pour de bon, s'installer ailleurs ou prendre les routes et voir du pays pendant de long mois ? Elles étaient certaines que Florence ne franchirait jamais ce cap. Celle-ci était, des trois, la plus attachée à sa ville. Elle l'avait dans la peau, une Lyonnaise jusqu'au bout des ongles et au fond de son cœur.

— Envisager toutes les possibilités, c'est un signe plutôt encourageant, lui accorda Camille. Même si, au final, tu ne les mets pas en œuvre.

Elle-même avait compris que son deuil passerait par un changement radical dans sa vie. C'est pour ça qu'elle s'était décidée à reprendre ses projets de film documentaire et certainement pour cette même raison que Marie remettait ses choix professionnels en question.

— D'ailleurs, faut que je vous avoue aussi quelque chose, reprit Camille.

Cette nuit-là, leur raconta-t-elle, elle s'était réveillée, trempée de sueur après un horrible cauchemar. Dans son rêve, elle avait sept ou huit ans. Elle tenait une caméra à la main, la sienne, sa vieille Sony offerte par ses grands-parents. Et elle filmait ses parents. Comme ils étaient morts lorsqu'elle avait 4 ans, elle n'avait quasiment pas de souvenirs d'eux. En soi, il y avait déjà matière à se convaincre de rappeler sa psy, mais le fait que ses parents soient incarnés par Charly et Florence l'avait sérieusement perturbée. Sans parler du fait que ces derniers portaient les vêtements dans lesquels elle avait fait inhumer ses grands-parents.

— J'ai essayé de me convaincre que bosser sur mon projet de film suffirait, mais je crois que j'ai encore besoin du Dr Privat… pour tout le reste. Je suis bien obligée d'admettre que chaque deuil réveille les autres.

Marie et Florence restèrent sans voix plusieurs minutes. Camille se contenta de gratter le sable rouge de la place du bout de sa sandale. La sirène d'un camion de pompiers, au loin, perturba le silence.

— C'est pas trop tôt ! Camille, prépare-toi, voilà l'ambulance que j'ai commandée pour t'amener à l'asile, plaisanta Marie.

— Pfff ! Mais c'est pas possible d'être aussi bête !

— Cam, dis, j'ai une question, relança Florence. Je ressemble à quoi avec une robe de vieille dame ?

— Mais qui m'a flanqué deux amies pareilles ?

Elles trinquèrent en riant et embrayèrent sur le sujet préféré de tous les parents à la sortie des classes : les ragots de l'école.

Richard à la rescousse

Quand elle l'avait interrogé à propos de son « truc », comme disaient Camille et Florence, Richard avait répondu à Marie qu'il partageait complètement l'avis de ses amies. Lui-même était reconnaissant de l'aide et du soutien que sa femme lui avait apporté au fil des années. La stabilité de leur couple et le bonheur de leur famille reposaient, sans doute, en partie, sur la qualité d'écoute et le souci des autres dont faisait preuve son épouse.

Marie et Richard s'étaient rencontrés par l'entremise de Charly. Les deux hommes avaient été collègues dans le cabinet où ils avaient commencé leur vie professionnelle. Ils avaient été embauchés le même mois et étaient rapidement devenus amis. Lorsque Charly avait présenté son nouvel acolyte à Marie, il ne leur avait pas fallu longtemps pour se trouver d'innombrables points en commun. Ils savaient tous les deux ce qu'ils attendaient de la vie : se marier, faire grandir leur belle complicité et avoir deux enfants. Pari réussi ! Dix ans plus tard, ils se disaient tout, partageaient tout et adoraient passer du temps ensemble autant qu'avec leur progéniture. Si la vie professionnelle de Marie connaissait de gros bouleversements depuis trois semaines, côté cœur, elle était en vitesse de croisière : calme, ensoleillée et des plus agréables.

Malgré les encouragements de Richard, Marie n'arrivait pas à se décider à franchir le cap de la reprise d'études. Pour l'heure, elle se concentrait sur la mission retrouvailles. Une fois le 21 juin passé, elle prendrait une décision. Elle postulerait peut-être à l'IRA ou à une autre formation en cours du soir. Et s'il le fallait, elle retournerait travailler quelque temps jusqu'à ce qu'elle se soit décidée. Si elle avait un plan B, si elle fixait une échéance pour quitter ce poste qu'elle ne supportait plus, alors ce n'était plus du tout pareil.

Au petit déjeuner ce matin-là, Richard lâcha sa bombe.

— J'ai repensé à notre conversation d'hier sur votre réunion du 21 juin. Le vieux copain qui ne veut pas venir et que Cam et toi comptez aller terroriser et menacer jusqu'à la sortie de son cours de théâtre…

— On ne va pas le « terroriser », on veut juste remettre les points sur les i et les barres sur les t. Charly a toujours été son ami et on veut juste comprendre sa réaction.

— Et s'il n'est pas au courant ? Tu m'as bien dit que Laurent n'en avait pas parlé clairement avec lui ? Avant de prendre un TGV, vous devriez peut-être lui envoyer un message pour lui présenter votre réunion comme un dernier adieu à Charly.

— C'est ce que j'ai suggéré à Lolo mais Ross ne répond plus à ses messages. Pourtant il lui a dit qu'il souhaitait lui parler de quelque chose de très important. Tu nous vois balancer à un pote que l'on n'a pas vu depuis dix ans : « Au fait, Charly est mort il y a un an et demi alors ce serait sympa de te radiner le 21. » ?

— J'ai peut-être une piste pour vous. Charly m'a dit un jour qu'il était content d'avoir eu des nouvelles d'un copain de votre bande du lycée. C'était quelques semaines, je crois, avant sa mort. Si ça se trouve, ils étaient fâchés ou…

— Charly fâché avec quelqu'un ? Je ne connais pas une personne sur cette Terre avec laquelle il ait eu maille à partir. Et si Ross et lui avaient eu un problème, il nous en aurait parlé, enfin il se serait confié à Flo et…

— Et Flo vous aurait tout raconté, s'amusa Richard. Bon, fais ce que tu veux de mon info mais je suis certain qu'il m'a parlé d'un mail de la part d'un de vos copains de la bande. Une histoire de spectacle ou de cinéma. Honnêtement, c'est vague dans mon souvenir, j'étais débordé de boulot et je n'écoute que d'une oreille quand il s'agit des Imbéciles Heureux, vous rabâchez toujours les mêmes souvenirs.

— C'est toi, l'imbécile, ouais !

— Oui, MAIS heureux ! répliqua Richard en se levant de la table familiale pour donner un tendre baiser à son épouse. Demandez à Nico, je suis certain qu'il lui en a parlé à lui aussi. Après tout, il le connaissait, votre pote humoriste.

Marie ne perdit pas de temps et envoya aussitôt un message à Nico.

Salut ! Ça te dit quelque chose, un échange entre Séb et Charly, un peu avant sa mort ?

Ouep. Je crois que Ross avait contacté Charly pour lui parler d'un texte ou je ne sais pas trop quoi. Pourquoi ?

Ross ne veut pas venir le 21.

Accordez vos violons avec Lolo ! Il a envoyé un message en fin de semaine dernière pour dire que Ross faisait son possible pour être avec nous mais qu'il avait un souci de planning.

C'est du mytho ! Il a dit à Lolo qu'il ne viendrait pas parce que ça ne lui disait rien de nous revoir. On a inventé l'histoire de l'empêchement pro pour gagner du temps. Ta sœur ne doit rien savoir avant qu'on ait tout tenté. On va à Paris le confronter, jeudi prochain avec Cam et Lolo.

Vous êtes complètement barjots ! Mais vous êtes des amies géniales pour ma sœur. Attends un peu pour prendre les billets de train pour Paris. Je vais voir ce que je peux faire de mon côté.

Nuit calme

Florence et ses trois filles avaient passé leur premier week-end seules toutes les quatre, depuis la mort de Charly. Il fallait que Florence affronte enfin leurs regards, leurs questions, leurs tristesses aussi parfois. Elle ne pouvait pas éternellement mettre de la musique, inviter de la famille ou des amis, leur faire visiter des musées. Ces deux jours passés ensemble avaient filé entre jeux de société, préparation des repas, dessins animés sous la couette et, bien sûr, les devoirs des deux aînées. Elle avait eu envie de pleurer à plusieurs reprises mais n'avait pas craqué. Il se pourrait bien que le temps des larmes incontrôlables soit enfin derrière elle. En se couchant le dimanche soir, la maman solo mais comblée était aux anges.

Au petit déjeuner, elle trépignait. Un vernissage important avait lieu au musée jeudi et surtout, dans une semaine, la bande serait enfin réunie. Elle ne voulait pas présenter leurs retrouvailles comme un hommage à Charly. Elle pensait proposer un toast à un moment de la soirée, sans en faire des tonnes. L'essentiel était d'être ensemble, de se rappeler d'où elle venait pour peut-être comprendre là où elle devait aller à présent. Elle commençait à avoir la certitude que sa vie avec ses trois filles s'écrirait mieux ailleurs qu'ici. C'était déjà un bon début de réflexion.

Ce n'était pas l'avis de Cam et Marie apparemment. Lorsqu'elles s'étaient vues pour prendre un verre en fin de journée, elle les avait trouvées étranges et avait compris, sous la mitraille d'arguments qu'elles avaient avancés quant à son incapacité à quitter Lyon, qu'elles étaient, chacune à leur manière, terriblement inquiètes d'imaginer son départ.

Florence n'était plus à un défi près. Elle n'avait toujours pas visionné sa vidéo sur le bonheur. Celle-là même qui avait poussé ses deux meilleures amies dans leurs retranchements. Elle avait pensé à la sienne tout le week-end. En leur proposant de prendre un verre à la sortie des classes, elle avait demandé à Cam de lui apporter sa séquence. Cette dernière l'avait gravée sur un DVD sans se faire prier. Après des mois d'anesthésie émotionnelle pour survivre, sa réanimation allait à une vitesse que Florence ne contrôlait pas et cela lui donnait le vertige. Mais ce soir-là, elle se sentait prête. Elle n'avait plus peur de s'entendre prononcer un « je t'aime » à l'attention de Charly qu'il ne pourrait jamais entendre.

Elle attendit que ses filles soient couchées pour s'installer seule dans son salon. Camille et Marie avaient insisté, en la laissant un peu plus tôt en bas de son immeuble, pour qu'elle les appelle si elle en ressentait le besoin après son visionnage. Une tasse de tisane Nuit Calme à la main, elle lança le DVD.

21 juin 1996 – Florence : « La famille d'où tu viens et celle que tu te construis. »

« Allez, ça tourne, chaton-chat, je suis tout ouïe ! Est-ce que tu peux me donner ta vision du bonheur ?

— Alors, voyons voir, laisse-moi réfléchir deux secondes…

— Non, au contraire ! Je veux du spontané. Si tu organises tes idées, ce sera moins… toi ! Je veux entendre tout ce qui te passe par la tête, insiste Camille.

— Alors, hum… Je dirais que pour moi le bonheur, c'est en premier lieu la famille. Celle d'où tu viens et celle que l'on se construit en grandissant.

— Les enfants ?

— Oui, la famille que tu fondes avec ton conjoint et tes enfants mais… aussi celle que tu te fabriques avec tes amis. Par exemple, moi… »

La jeune fille hésite à poursuivre et mime des ciseaux pour demander à son amie de couper la caméra quelques secondes.

« Ah non ! Désolée ! C'est un plan séquence. Pas de coupe pendant que je filme. Cinéma brut ou rien !

— Quand tu auras filmé tout le monde, est-ce que tu vas nous faire voir le film ? À tous, je veux dire ?

— Je ne sais pas, pourquoi ? »

Florence hésite.

« Bon, allez tant pis, j'espère que cela ne m'attirera pas d'ennuis. C'est pas facile à expliquer, mais en fait, j'ai la certitude que toi et Marie et Charly – et mon frère, hein, parce que c'est mon frère ! – on se connaîtra toute la vie. On est déjà une famille et on le restera. Les copains, je pense aussi, j'espère... mais on ne sait pas ce que nous réserve la vie. Par contre, VOUS, je n'ai aucun doute.

— T'es adorable, ma Flo !

— Donc voilà ! La famille, c'est ce qui fait mon bonheur.

— Et tu as des mots qui te font penser au bonheur justement ? À part famille et amis ?

— Comme tout le monde, j'imagine. Le soleil, la musique, les voyages.

— Tu as envie de voyager ? Le bonheur, ça passe par la découverte des autres cultures ? improvise l'apprentie cinéaste.

— C'est sûr qu'une fois nos études terminées, on va aller se balader un peu en Europe ou même plus loin. Charly aimerait aller en Afrique et moi en Asie. Mais après on reviendra, t'inquiète ! Ha ha ha ! Je te vois dépérir derrière ton objectif.

— Bah, attends, t'imagines l'horreur pour moi si vous partez loin et longtemps ? Ma meilleure amie ET mon meilleur pote. Deux pour le prix d'un ! Je serais au fond du gouffre.

— T'affoles pas maintenant ! Avant ça, il faut qu'on termine le lycée puis qu'on obtienne nos diplômes à la fac. T'as le temps de te décider, toi aussi, à mettre les voiles.

— Ouais mais déjà, il y a mes grands-parents, je ne vais pas les laisser moisir après tout ce qu'ils ont fait pour moi et puis… Argh ! J'y crois pas, ils ont tous essayé de me faire dévier de mon interview et j'ai toujours recadré mais toi, tu me fais parler sans problème ! Concentrons-nous sur TOI ! TON BONHEUR !

— Moi, en fait, je ne demande pas grand-chose pour être heureuse : vivre avec Charly, mon chéri d'amour, avoir des enfants, trois ! On en veut au moins trois. Des filles si possible ! Vivre à Lyon, près de mes amis et de ma famille. Aaaaah si, je sais ! Pour rendre heureux mon amoureux, il faudrait qu'on habite en face de la fresque des Lyonnais ! On l'adore ! Et Charly m'a dit qu'il m'aimait pour la première fois devant cette fresque.

— J'hésite entre te dire que vous êtes trop mignons ou que vous puez la guimauve, se marre Camille.

— C'est quoi, ça ?

— La guimauve ? Bah, c'est le truc en sucre tout mou, tu vois, non ?

— Mais non ! Je veux dire les gars juste là qui se ramènent vers nous avec des lampes torches ?

— Merde ! Les flics ! »

J -6

Nicolas devait bien avouer que depuis une semaine, il s'était laissé porter par le projet dingue de sa sœur et ses deux amies. Lorsqu'elles avaient parlé de leur envie de réunir la bande, il s'était dit qu'il n'y avait pas de place pour lui. Comme à leur habitude, les filles allaient se jeter dedans à corps perdu et comme toujours, il se contenterait d'observer.

Mais cela allait trop loin, elles étaient à deux doigts de se rendre à Paris pour parler avec Ross. Certes, elles avaient peur de le choquer en lui annonçant la mort de Charly par texto mais lui tomber dessus à la sortie de son cours de théâtre n'était pas tellement plus délicat. Florence était la plus pondérée des trois mais elle n'était au courant de rien. Par expérience, Nicolas savait que cela pouvait partir en vrille à tout moment.

Ce jour-là, il ne travaillait pas, il passait la journée avec ses enfants. Il allait en profiter pour appeler Lolo et mettre ses informations à jour. Puis il se chargerait de convaincre Séb de venir le 21. S'il résistait, il saurait trouver les arguments. Il était de toute façon certain qu'il n'aurait pas besoin de sortir l'artillerie lourde : son ami n'était pas au courant pour Charly. Sinon, il n'hésiterait pas à les rejoindre.

Son copain de lycée avait pu parfois se montrer égoïste ou carrément à l'ouest dans le passé mais ce n'était pas un ingrat. Non et non ! Il était absolument persuadé que Séb n'avait rien su des tragiques événements qui les avaient frappés. Ils ne se voyaient presque plus depuis une dizaine d'années. Cependant Charly tout comme Nicolas avaient continué à prendre des nouvelles de temps en temps. S'il avait appris pour le décès de Charly, il l'aurait forcément contacté, a minima pour présenter ses condoléances à Florence.

Si seulement sa sœur était dans la confidence, elle pourrait ouvrir les yeux à Camille et Marie. C'était leur monde, leur univers à eux qui s'était écroulé avec le décès de Charly, celui des autres Imbéciles Heureux avait continué de tourner. Certains avaient su mais peu finalement. Tout était allé si vite. Mais il devait aussi prendre sa part de responsabilités. Il avait laissé Marie prendre la situation en main après l'accident. À cette pensée, il se sentit terriblement honteux. Elle avait porté Florence à bout de bras, mais également Camille, qui bien que donnant le change en public, n'en était pas moins dévastée. Lui, de la même manière qu'il gérait tous les aspects de sa vie, ses amours, ses enfants, ou encore les deux salariés de sa petite entreprise, il avait laissé faire. Il improvisait. Non pas que cela ne l'intéresse pas mais c'était sa nature, voilà tout ! Quand la tempête frappait, fallait-il courir dans tous les sens pour éviter les dangers ou se recroqueviller dans un coin ? Nicolas, lui, se blottissait quelque part, tout en gardant un œil sur le branle-bas de combat au-dehors.

Il songea qu'il n'était jamais trop tard pour bien faire : il mettrait un point d'honneur à être celui qui ferait revenir Séb sur sa décision.

Il fixa par message un rendez-vous téléphonique avec Lolo et, à l'heure dite, il l'appela. Ils ne s'étaient plus croisés depuis une dizaine d'années. Il ne lui fallut que quelques minutes pour se sentir parfaitement à l'aise. La conversation s'engagea rapidement sur un ton amical. Les mariages, les divorces, les gosses, la vie professionnelle et bien sûr les nouvelles des « autres ». Ils passèrent tout en revue.

— C'est chouette que tu aies gardé des liens avec Samira et Sandra.

— C'est le hasard qui nous a réunis dans le même quartier et le reste s'est fait tout seul. On a très vite retrouvé le plaisir d'être ensemble, de se marrer comme les jeunes crétins que nous étions au lycée. Jusqu'à... enfin, je ne sais pas si Marie t'a dit mais Sandra est un peu fâchée contre moi à cause d'une histoire à la con. Elle m'a demandé de pistonner son gamin dans l'école de ma femme. Sauf que ma chère épouse n'a pas voulu se mouiller. Elle avait peur d'être accusée de favoritisme.

— Mais attends, elle fait quoi comme job, ta femme déjà ?

— Elle est ingénieure en informatique, comme moi. Mais elle siège au conseil d'administration des « Lazo ». Nos gamins sont scolarisés là-bas, elle est du genre super-impliquée.

— Arrête-moi si je me trompe, mais si Sandra connaît bien ta femme alors... sa demande était bien légitime. C'est bien comme ça que ça marche ce genre d'établissement privé ? Copinage et piston ? le taquina Nico.

— C'est précisément ce qui a mis Sandra en rogne. Elle m'a balancé que si l'on ne pouvait plus compter sur les vieux amis, alors on ne pouvait plus faire confiance à personne. Bref, je te passe les détails, j'en ai pris pour mon grade. Elle a surtout taclé ma femme mais voilà c'est ma femme ! Elle a eu tort sur le coup, elle aurait dû glisser un mot à la commission... Mais je n'allais pas non plus divorcer parce qu'elle avait refusé d'aider Sandra.

— Hum... non, c'est sûr ! Enfin je ne connais pas ta femme mais t'es certain qu'elle apprécie Sandra ?

— T'as visé dans le mille, mon Nico ! Ma femme, elle est super-jalouse, pas de Sandra ou de Samira en particulier mais de tous Les Imbéciles Heureux. Je parle tout le temps de notre jeunesse comme étant le meilleur moment de ma vie. Je crois qu'elle en a ras le bol.

— Marie m'a dit que t'étais devenu super-philosophe mais pas que tu étais psy aussi !

— Faut bien que je lui trouve des raisons de m'avoir brouillé avec Sandra. Comme je te l'ai dit, on ne va pas divorcer pour ça, donc autant que je ne rumine pas mon ressentiment.

— Il est où, mon Lolo, brut de décoffrage, qui voulait juste se taper des meufs ?

— Loin ! Trèèèès loin ! Ah merde, attends deux secondes, il y a une mère qui est en train de prendre la tête à mon fils pour une historie de ballon ou je ne sais pas quoi. Tu ne quittes pas, je vais voir.

Nicolas s'assura que ses enfants s'amusaient toujours sur la structure d'escalade du jardin public. Ils étaient calmes, concentrés et le père de famille ne put s'empêcher d'être fier du niveau de grimpe qu'ils avaient acquis depuis le début de l'année. Au loin, il entendait la voix posée de Lolo qui tentait d'expliquer à un couple de parents vraisemblablement sur les nerfs qu'à l'âge qu'ils avaient, les enfants faisaient rarement exprès de blesser les autres lorsqu'ils jouaient au football. Une fois l'incident diplomatiquement réglé, Nicolas demanda enfin à son ami de lui détailler son échange de messages avec Ross.

— Je ne pense pas qu'il ait été informé de la mort de Charly. Mais je me suis senti incapable de le lui annoncer comme ça.

— Je comprends mais j'aimerais vraiment le joindre pour le faire changer d'avis. Les filles se sont fourré dans le crâne d'aller le chercher à Paris demain soir.

— Je sais, je suis du voyage ! Écoute, pour tout te dire, moi, je n'ai pas osé lui balancer parce que je ne sais pas dans quel état il est et ce qu'il sera en train de faire au moment où il apprendra la nouvelle.

— C'est tout à ton honneur mais…

— Quand j'étais étudiant, mon père m'a appelé pour me dire que ma grand-mère avait fait un AVC. J'étais en train de me rendre à un partiel super-important pour valider mon année. J'ai planté en beauté, crois-moi !

— Vu sous cet angle…

— Si tu te sens de lui faire un mail, je ne vais pas t'en empêcher. Si on peut s'épargner un aller-retour à Paris, ça m'arrange.

— Il faut au moins que je tente avant de nous avouer vaincus. Tu peux m'envoyer le lien vers sa page pro et l'adresse mail que t'as trouvée, s'il te plaît ?

Quelques jours plus tôt, quand Marie avait fait part à Nicolas de son trouble d'avoir retrouvé un Lolo trentenaire, assagi et bon père de famille, il n'avait même pas pris la peine de lui demander pourquoi elle l'avait eu au téléphone. Il avait simplement retenu que leur ami était devenu un chic type. Il était loin d'imaginer à quel point. Peut-être que l'heure était venue pour eux de recréer les liens autour du basket, des copains, des sorties. Parmi les amis de jeunesse que l'on garde, il y a ceux qui, malgré le temps qui passe, sont restés nos semblables ; il y a également ceux auxquels on ne donnerait jamais la clef de notre intimité si on les rencontrait une fois adulte, seul le passé commun nous relie. Et puis, il y a les personnes comme Lolo que l'on a pas vu pendant des lustres et qui pourtant nous paraissent toujours si proches.

Après avoir raccroché, il lui envoya un court message.

Faudrait qu'on se capte un de ces mercredis, avec les enfants. Quitte à rouiller les parcs, autant le faire ensemble.

On se voit lundi prochain pour la réunion des IH et, après promis, on ne se perd plus de vue ! Ça m'a fait super-plaisir de t'entendre, mon Nico.

Un peu plus tard dans la journée, Nicolas, fort de sa prise en main de la mission « réunion des anciens copains », se décida à passer un coup de fil à la mère d'un des meilleurs copains de son fils aîné. Il avait envie de l'inviter à sortir depuis longtemps. Elle était assez entreprenante avec lui mais de son côté, jusqu'à présent, il jouait celui qui ne remarquait rien. Pour s'engager à nouveau dans une relation, il attendait que ce soit le bon moment, que sa sœur aille mieux, que le 21 juin soit passé, que son deuil soit moins douloureux, le sien et celui de Florence. Il cherchait des excuses et il en trouvait toujours, le bougre ! La jeune femme lui répondit sur-le-champ et un dîner fut programmé en quelques SMS.

Regonflé à bloc, Nicolas écrivit un mail à Ross.

Salut mec ! Ça fait un bail ! J'espère que tout va comme tu veux. Lolo m'a dit que tu n'étais pas chaud pour venir le 21. Si je te dis que c'est pour Charly, est-ce que cela te fera changer d'avis ?

Il n'était pas peu fier de sa tournure de phrase. Un premier test, il aviserait en fonction de la réponse de Ross. Et si le message restait sans réponse alors le lendemain matin, il se montrerait plus direct. Marie, Camille et Lolo avaient réservé sur le TGV de 15 heures et il avait vérifié auprès des principaux intéressés : ils avaient une assurance annulation. Ils étaient déraisonnables mais pas complètement stupides, heureusement.

Il reçut une réponse dix minutes plus tard.

Salut Nico, écoute, je n'ai pas envie d'être désagréable mais s'il y a bien une chose que j'ai apprise ces dernières années, c'est qu'il y a un temps pour tout. Charly n'a pas donné de nouvelles depuis des mois et là, je devrais rappliquer parce que sa femme a envie de réunir toute la clique. Vous planez, les gars !

Il faut vraiment qu'on parle, rebondit Nicolas. *De vive voix ! Je ne serai pas long.*

Il n'eut pas longtemps à attendre la réaction de Séb.

Je vais être plus explicite parce que apparemment, vous n'allez pas me lâcher la grappe. Quand il s'agit de faire une pseudo-fiesta entre pseudo super-potes, vous savez m'écrire. Par contre, quand j'ai poliment sollicité votre accord de principe, il n'y avait plus personne. On a tous des vies débordées, je ne demandais pas la lune. J'ai pris sur moi pour ne jamais écrire à Charly qu'il était un sacré connard de ne pas m'avoir fait de retour. Je suis certain que tu sais de quoi je parle puisque vous êtes si proches. Je croyais que nous étions amis malgré la distance et les années. Vous avez été déçus, choqués, peinés ? Je ne sais pas de quoi parce que franchement j'ai écrit ce scénario avec toute l'amitié que je vous portais. Et même si j'avais laissé passer quoi que ce soit d'inopportun, entre amis, on se dit les choses ! On ne se met pas en silence radio. Pas un SMS, pas un mail ou un appel pour m'expliquer ce qui vous avait posé problème. Alors, votre réunion des anciens : merci, mais non merci !

Nicolas lut et relut trois, quatre, dix fois le message de Ross. Aucune explication rationnelle ne lui venait. La seule certitude qu'il avait désormais était celle que son interlocuteur n'était pas au courant du décès de Charly. Il ne parlerait pas comme ça, quelle que soit la trahison commise. Pour la première fois de sa vie d'adulte, Nicolas fonça tête baissée sans s'en référer aux autorités supérieures, la Sainte Trinité : Flo, Cam et Marie.

Charly est mort depuis dix-huit mois. Est-ce que ça pourrait expliquer qu'il ne t'ait jamais répondu ?

Nicolas avait promis de mettre les formes. Il avait légèrement manqué son coup. Il surnageait à présent entre satisfaction de ne pas avoir tourné autour du pot et honte d'avoir été si direct. Il avait toujours été le genre à dire ce qu'il pensait mais depuis la mort de Charly, il avait mis beaucoup d'eau dans son vin. Il avait appris à se modérer. Il se pourrait même qu'il ait poussé sa retenue à l'extrême, au point de ne plus oser dire ce qu'il éprouvait. Comme s'il s'autoadministrait un anesthésiant. Ne plus dire, ne plus agir, ne plus ressentir.

En préparant le repas des enfants, en dînant, en les mettant au lit, Nicolas vérifia toutes les dix minutes si Ross lui avait répondu. Son message resta lettre morte.

J –5

Marie se leva à l'aube. C'était leur dernière chance de permettre à Florence de réussir son défi de réunir toute la bande. Ils allaient aller chercher Ross à Paris et ils le ramèneraient par la peau des fesses s'il le fallait.

Florence reprenait le contrôle. C'était sain et annonciateur de jours meilleurs. Au moment où le téléphone de son amie avait sonné, ce 8 décembre fatal, ils avaient tous senti le sol se dérober sous leurs pieds. Tout leur avait soudainement échappé, le destin leur avait collé une grande baffe et les avait jetés à terre. En quelques secondes, l'extraordinaire s'était catapulté dans l'ordinaire.

Dix-huit mois de deuil partagé, c'était à la fois très court et très long. Marie ruminait des tas de questions auxquelles elle ne parvenait pas à trouver de réponses. Comment sortait-on du chagrin lorsqu'il nous attaquait collectivement ? Est-ce que les gens s'éloignaient forcément après avoir traversé ensemble un événement tragique, pour pouvoir aller de l'avant ? Se pouvait-il que leur amitié soit condamnée, pour permettre à chacun de vivre ce qu'il ressentait ? Pour ne plus se voir triste dans le souvenir de l'autre et enfin s'autoriser à être heureux, ailleurs ? Marie avait peur de connaître la réponse à cette dernière question : la souffrance ne tolérait pas les vases communicants. Lorsque Camille avait perdu ses grands-parents, quand elle-même avait rompu avec son premier amour, ou que Nicolas avait divorcé, ils avaient été là, présents, solidaires les uns des autres. Mais dès que celui qu'ils avaient accompagné dans son malheur s'était senti mieux, immanquablement, celui-ci s'était éloigné un peu. Le temps de s'affranchir du regard inquiet de leurs proches, de leurs « alors ça va ? », toujours empreints d'une pointe d'inquiétude. Comment peut-on aller mieux quand notre entourage nous renvoie, bien malgré lui, les épreuves du passé ?

Leurs diverses expériences de la douleur étaient de pacotille comparées à la mort de Charly. Marie en était persuadée, Florence allait finir par mettre de la distance entre eux pendant quelque temps. Cette simple idée lui tordait l'estomac.

Ce matin, très tôt, Nicolas avait appelé Marie. Il était remonté comme un coucou. Ross, à qui il avait écrit noir sur blanc que Charly était mort, n'avait même pas pris la peine de lui répondre. Le frère de Flo était énervé mais aussi confus. Il se souvenait vaguement que Charly lui avait fait part d'un mail de leur copain humoriste. Il le sollicitait pour la lecture d'un scénario. Il souhaitait avoir son avis. Nicolas n'était pas certain de la date mais il se pourrait bien que cela soit quelque temps avant l'accident. Cela expliquerait le message incendiaire et hors de propos que Ross lui avait envoyé. Marie proposa à Nico de passer chez elle dans la matinée pour faire un point sur la situation. Lorsqu'il arriva, elle devina qu'il avait très peu dormi. Il tournait en rond dans son appartement. Elle ne l'avait jamais vu dans cet état. Habituellement, c'étaient elles, les filles, qui se montaient la tête et répétaient vingt fois les mêmes arguments. Nicolas, lui, les faisait redescendre en pression. Pas cette fois-ci !

Décidément, rien ne se passait comme elle l'avait prévu avec cette réunion des anciens.

Pour commencer, c'était censé être compliqué à organiser. Il y en avait toujours un pour se raviser au dernier moment. Camille craignait de décevoir ceux qui l'auraient imaginée cinéaste primée, Nicolas ne voulait pas être sollicité par peur d'être responsabilisé, Charly était happé par son travail, elle-même n'assumait pas sa vie plan-plan et bien rangée. Aucun d'entre eux n'avait songé que tous Les Imbéciles Heureux en étaient là également. Qui pouvait dire qu'il était tout à fait satisfait de sa vie ? Et pourtant il avait suffi que Marie et Camille comprennent les raisons inconscientes qui motivaient, à présent, Florence, pour qu'en à peine trois coups de fil, la quasi-totalité des leurs réponde présent. En quelques jours, la semaine dernière, elles avaient retrouvé tout le monde.

La difficulté n'était pas là où elles l'avaient anticipée. Une fois persuadées qu'elles touchaient au but, les amies s'étaient trouvées face à l'obstacle Séb.

Marie lut l'échange de mails entre Nico et lui. Dans son dernier message, il disait qu'il allait être clair pour que la bande le laisse tranquille, une bonne fois pour toutes. Elle en était certaine : Séb avait bloqué Nico après avoir envoyé son mail. Il n'y avait pas d'autre explication possible. Elle transféra l'adresse mail de Sébastien sur sa propre boîte et se mit à taper frénétiquement sur son clavier virtuel.

Hello Ross, au risque d'insister, je me permets de t'envoyer ces précisions. Ce serait ballot que tu te braques sans connaître les raisons pour lesquelles nous n'avons pas donné de nouvelles depuis un an et demi. J'imagine que tu as bloqué l'adresse mail de Nico hier soir, parce que je ne vois pas d'autre explication à ton silence. Personnellement, je ne sais pas de quoi tu parles quand tu dis à Nico que tu as demandé un service à Charly et qu'il t'a laissé en plan. Nico se souvient d'un texte, un scénario de spectacle peut-être, que tu aurais envoyé à Charly mais il n'a pas vraiment de détail parce que sa mémoire a été quelque peu bousculée depuis qu'on nous a appelés un soir de décembre 2014 pour nous annoncer que Charly était mort dans un accident de voiture. Est-ce que ça colle avec les dates de tes derniers échanges avec Charly ? J'essaie de prendre un ton léger mais je suis aussi sous le coup de l'émotion. Je suis partagée entre souhaiter de tout cœur que tu ne sois pas au courant de son décès, ce qui expliquerait tes réactions à notre égard, et d'un autre côté, si c'est le cas, mon mail risque de te faire un choc. Crois-moi, j'en suis désolée, mais je ne peux me résoudre à te laisser dans l'ignorance. Je souhaite au plus profond de mon être que tu viennes lever ton verre avec Les Imbéciles Heureux la semaine prochaine. Ça ferait du bien à Florence et à tout le monde, d'ailleurs, de se retrouver au complet (sans Charly, mais disons que, contrairement à toi, son absence sera excusée). Mon numéro de téléphone est dans la signature de ce mail, si tu veux m'appeler pour discuter, n'hésite pas. Bisous et RÉPONDS, s'il te plaît !

Marie envoya le message sans se relire puis elle tendit son téléphone à Nicolas pour qu'il en prenne connaissance. Il s'exécuta puis se leva, embrassa son amie sur le front et s'en alla.

Marie se retrouva seule chez elle, assise dans sa cuisine, une énième tasse de café à la main. Elle éclata en sanglots. Elle pleura sans trop savoir sur quoi ou sur qui. Elle avait juste besoin de vider un trop-plein de tout. Son ouverture des vannes fut brève. Elle essuya ses yeux et se passa de l'eau sur le visage pour se rafraîchir. Maintenant Ross savait. Advienne que pourra !

Elle composa le numéro de Lolo pour l'avertir qu'elle allait demander à Camille d'annuler leurs billets de train pour leur escapade parisienne.

— Je suis désolée, on voulait prendre des gants et je ne sais pas vraiment comment mais... la situation a légèrement dérapé.

— Raconte !

— Comme tu l'as expérimenté en début de semaine, Nicolas s'est également fait envoyer sur les roses hier soir en écrivant à Ross. Je pense qu'il l'a bloqué avant d'avoir eu le temps de recevoir son dernier message et donc d'apprendre la mort de Charly. Je n'imagine pas qu'il puisse en être autrement. Alors... j'ai envoyé un mail à l'instant et...

— T'as lâché le morceau ?

— Je suis désolée, mais les non-dits et les quiproquos, ça peut ruiner la vie des gens. On s'imagine des choses, et à cause de suppositions, on finit par se fâcher parce qu'on croyait qu'ils croyaient... Enfin, tu vois ce que je veux dire ?

— Très bien ! Se dire ce qu'on ressent, ce que l'on sait et que l'on présume que les autres savent aussi, c'est primordial.

— Je vais appeler Camille pour lui dire que Paris est annulé. Puisqu'on ne part plus en vadrouille, on peut quand même se prendre un verre en fin de journée, si tu veux ?

— Je crois que j'ai un quiproquo à gérer de mon côté, je vais battre le fer tant qu'il est chaud.

— Sandra ?

— Précisément ! Je me suis braqué quand elle a fait preuve de si peu de considération pour notre amitié en coupant les ponts avec moi, mais... en fait, c'est débile ! J'ai envie de lui demander pardon même si je dois me forcer un peu, parce que, enfin, je t'expliquerai un de ces quatre, c'est une longue histoire. Je vais l'attendre devant l'école de nos enfants ce soir et faire mon mea culpa.

— Ça te fera du bien de dire ce que tu ressens. Et plus égoïstement, si vous pouvez ne pas être fâchées la semaine prochaine quand on se revoit tous, ce ne serait pas plus mal.

Quand son téléphone sonna, Camille hésita à répondre à Marie. Elle avait beaucoup de travail et savait que l'appel pouvait s'éterniser. Elle l'envoya sur messagerie pour finalement, la rappeler trois minutes plus tard. Pendant que son amie lui relatait les divers échanges de mails avec Ross, Cam pianota machinalement le nom de scène de son ancien ami sur Google. Sébastien Rossignol pouvait se vanter d'avoir écrit une demi-douzaine de spectacles et de n'avoir jamais vraiment quitté la scène. Sa page mentionnait une date de création en 2010. Cela faisait donc six ans qu'ils n'avaient pas échangé tous les deux. Pendant une minute, Camille se surprit à en vouloir à Charly qui avait visiblement eu des nouvelles de Ross mais ne lui en avait pipé mot.

À l'époque où la bande était encore soudée, Ross et Camille étaient très complices. Leur principal point commun était leur passion pour le théâtre. Ils pratiquaient ensemble et ne tarissaient pas d'éloges sur le talent de l'autre. Elle en avait passé du temps avec Ross, pendant ses années de lycée et même après. Lorsqu'ils furent tous invités au premier « seul en scène » de leur ami, elle s'était réjouie pour lui, contente de le voir réaliser son rêve de gamin. À ce moment-là, elle était en stage à France 3 et se trouvait chanceuse de pouvoir mettre en pratique la théorie ingurgitée à la fac. C'était une super-opportunité pour son CV. En sortant de la première de Ross, ce soir-là, Marie avait demandé à Camille si elle ne ressentait pas une pointe de jalousie à l'égard de leur copain qui était allé jusqu'au bout. Elle n'avait pas semblé comprendre la question et avait envoyé Marie sur les roses. Mais force est de constater que plus il avait eu du succès et moins Camille l'avait fréquenté. Peu à peu, ni Flo ni Marie, ni elle-même n'avaient plus pris de ses nouvelles.

Marie argumentait pour convaincre son amie du bien-fondé de l'annulation de leur virée à Paris. Camille ne l'écoutait que d'une oreille. D'abord parce qu'elle-même était convaincue qu'après les sollicitations de Lolo, de Nicolas et enfin de Marie, Ross avait désormais les cartes en mains pour venir ou non le 21, et surtout parce qu'elle avait lancé des vidéos sur son ordinateur et découvrait des extraits de sketchs de Ross. Elle rit discrètement à plusieurs vannes tandis que Marie continuait son monologue sans rien remarquer. Camille mit ensuite une vidéo intitulée : « Ross Galère portera bientôt très mal son nom. Il signe la comédie de l'été ».

— J'ai l'impression que je te dérange ou que je te soûle, là, non ?

— Oh, excuse-moi, j'ai cliqué sur une présentation de l'actualité de Ross et apparemment ça marche bien pour lui.

— Oui, c'est aussi ce que m'a dit Lolo, répondit Marie. Bon donc on est OK, on laisse faire. S'il veut jouer au con, on ne peut pas faire plus. Quand je pense qu'on allait monter à Paris pour lui parler ! On est dingues parfois quand on s'emballe comme ça.

— Oh pinaise de pinaise ! T'as moyen de visionner un lien si je te l'envoie ?

Ciné Actu du 6 avril 2016.

Ross Galère, de la cour du lycée à la cour des grands du ciné.

« — Bonjour, aujourd'hui, j'ai l'immense plaisir de recevoir un artiste de stand-up que je suis depuis plusieurs années. Il se murmure ici et là qu'il est le nouveau roi de l'humour à la française. Si vous ne le connaissez pas encore, ne vous laissez pas influencer par ses cheveux en bataille, sa barbe de trois jours ou sa tenue décontractée, c'est un bourreau de travail. Ross Galère, tout d'abord, Bonjour !

— Bonjour Karine !

— Donc comme je le disais, cela fait un paquet d'années que vous arpentez toutes les scènes de spectacles parisiennes. Est-ce que je m'avance en disant que les galères de débutants, qui vous ont inspiré votre nom de scène et votre personnage le plus connu à ce jour, sont enfin derrière vous.

— Hum... C'est peut-être un peu tôt pour le dire, mais disons qu'après les obstacles et les shows devant 15 personnes, cela fait du bien de trouver un peu de reconnaissance dans les médias et surtout une audience plus large. Mais vous savez, je ne regrette rien de ces années, c'est ce qui m'a permis d'être là aujourd'hui.

— Pour votre premier film, qui sortira à la rentrée prochaine, vous avez travaillé avec les plus grands noms de la comédie. Est-ce que vous étiez impressionné ?

— Ce serait prétentieux de le nier. Mais dans le fond, star ou débutant, sur un tournage, on est rien d'autres qu'une bande de copains qui a envie de passer un bon moment. Moi, je suis avant tout un troubadour, un homme de troupe. J'ai toujours évolué en bande, déjà au lycée, j'avais ma clique.

Choisir les métiers artistiques, c'est s'assurer de vivre en groupe. Les tournées, c'est du taf, mais c'est aussi comme une colonie de vacances pour adulte la plupart du temps.

— Puisque vous parlez de votre bande du lycée, j'ai entendu dire que vous aviez eu maille à partir avec les producteurs du film parce que vous auriez modifié votre scénario à la dernière minute.

— Joker ! Je préfère ne pas trop m'étaler sur ce point.

— Mais vous ne niez pas avoir vendu une histoire au moment de la signature de votre contrat puis imposer un scénario radicalement différent ?

— Vous êtes tenace ! Ha ! ha ! ha ! Disons que lorsque les Frères Cinoche m'ont approché, c'était par rapport à un sketch de mon précédent spectacle, sur ma bande de potes du lycée. Les producteurs étaient chauds pour en faire un long-métrage alors je les ai rencontrés et ils ont voulu contractualiser rapidement. Sauf qu'une fois le scénar' terminé, j'ai eu peur de...

— La réaction de vos amis ? Plus que de celle des Frères Cinoche ? Mais ce sont des bourreaux vos copains ou quoi ? Ils se sont opposés à votre scénario si je comprends bien ?

— Ha ha ha ! Absolument pas ! Ils n'ont pas dit non, mais... ils n'ont pas dit oui, non plus. J'imagine que c'était trop intime, ils ont préféré couper les ponts.

— Et la production a accepté que vous les baladiez comme ça ?

— Non, ils étaient furieux quand ils ont reçu le texte, mais finalement, ils l'ont lu et l'ont aimé donc : problème réglé !

— Chapeau ! Allez, maintenant, on va regarder tout de suite la bande-annonce de cette comédie et on se retrouve tout de suite après. »

Camille et Marie restèrent sans voix. Elles sentaient bien depuis trois jours qu'il y avait anguille sous roche. Là, c'était carrément baleine sous gravillon. Marie ne croyait pas si bien dire en parlant de quiproquo ! Leur ami leur en voulait parce que Charly ne lui avait jamais répondu. Quoiqu'il en dise devant la caméra, il était blessé.

— Il aurait pu attendre encore longtemps, cela dit ! ironisa Camille pour détendre l'atmosphère.

— Vos foutus ego d'artistes ! Voilà ! Tu vois ce qui m'énerve chez vous ? C'est ça !

— Hum ! Pardon, mais... je ne suis pas sûre de te suivre. Qu'est-ce que j'ai à voir avec le schmilblick ?

— Ce crétin de Ross aurait pu rappeler Charly quand il a vu qu'il ne répondait pas ! Mais non, il a préféré se draper dans sa susceptibilité !

— Bah... si j'avais envoyé mon docu à Ross ou un autre de la bande pour avoir son accord de principe et que je n'avais jamais reçu de réponse... j'avoue que... j'aurais été super-blessée et je n'aurais peut-être pas cherché à relancer.

— Voilà, c'est ça que tu as à voir avec le schmilmachinchose ! Vous, les artistes, vous êtes plus susceptibles que le reste du monde.

— Tu vas voir que ça va me retomber dessus, s'amusa Camille. Bon, on fait quoi avec cette info ?

— J'appelle Nicolas et je te tiens au courant, répondit Marie avant de presque lui raccrocher au nez.

J -4

En cette fin de semaine, la chaleur était telle qu'après le travail, Florence appela sa grand-mère Jeanne pour lui proposer de la conduire chez Auguste et Marjolaine. Elles seraient bien mieux installées au bord de la piscine pour manger leur religieuse au café du vendredi qu'entassées avec les petites dans le studio de la vieille dame. Ce n'était que la mi-juin et fuir le centre-ville était déjà le seul mot d'ordre des Lyonnais. Détail non négligeable, les parents de Florence étaient absents pour quelques jours. Elle en informa son frère qui les rejoignit sans se faire prier.

Alors qu'ils s'apprêtaient à passer à table, Jeanne s'enquit de l'avancement de la réunion qui tenait tant à cœur à sa petite-fille. Florence lui expliqua que tout le monde avait répondu présent, en revanche, le lycée venait de débouter sa demande. Tant pis pour son rêve de se réunir sur le stade où Charly avait usé ses baskets pendant des années. Elle devait à présent trouver une solution de repli. Nicolas s'étonna qu'elle ne l'ait pas mis au courant et sa sœur lui répondit qu'elle ne voulait pas qu'il se tracasse pour ça. Elle ajouta qu'elle avait un plan de secours, ce qui était absolument faux.

Pendant le dîner, Jeanne demanda des nouvelles de chacun des membres des Imbéciles Heureux dont elle se souvenait très bien. Lorsque Ross fut évoqué, Jeanne au sixième sens bien affûté nota l'embarras de son petit-fils. Il eut beau tenter des appels de phares oculaires pour la faire taire, il finit par craquer sous le flot des interrogations perspicaces de sa grand-mère. Il déballa le refus initial, les mails bloqués et finalement la réponse que Ross avait envoyée la veille après le mail choc.

Florence tomba des nues et se fâcha même un peu. Elle envoya sous le coup de la colère un SMS à Marie et Cam pour leur reprocher de ne pas l'avoir mise dans la confidence. Fort heureusement pour les filles, Nicolas les défendit bec et ongles. Cela partait d'une noble intention : ne pas la décevoir tant que la réponse n'était pas définitive. Nicolas parla aussi de la vidéo dénichée par Camille dans laquelle ils avaient appris que Ross avait écrit un scénario sur Les Imbéciles Heureux. Florence émit le souhait de la regarder.

Elle ne retint qu'une chose : Ross était en pleine promotion pour son film et pourtant il allait faire le voyage depuis Paris pour être parmi eux mardi.

— T'avais raison ! C'est terrible, les non-dits ! s'exclama Camille.

Elle avait donné rendez-vous à Marie au pub anglais de leur quartier dès que Florence leur avait envoyé son SMS de reproche. Camille était déjà installée en terrasse lorsque Marie la rejoignit.

— Quand je pense qu'on a failli manquer notre mission retrouvailles parce que Ross en voulait à Charly sans savoir le fin mot de l'histoire, reprit-elle.

— Tu veux lire le mail qu'il m'a envoyé avant qu'on se décide à s'appeler ? proposa Marie en lui tendant son téléphone portable.

Camille lut à voix haute :

Je ne trouve pas les mots. Je n'arrête pas de pleurer comme un con depuis que j'ai reçu ton message. Ne t'en veux pas d'avoir été franche avec moi, j'ai failli faire une énorme bêtise en m'obstinant à vous mettre de côté. Je pense à toutes les fois où j'ai voulu crever l'abcès et envoyer un mail à Charly pour lui demander pourquoi il ne m'avait jamais répondu. J'imaginais qu'il n'avait pas pris le temps de lire mon scénario ou pire, que vous m'en vouliez de vous avoir utilisés comme personnages pour mon premier film. Quand j'ai envoyé mon scénario à Charly, c'était en novembre si je me souviens bien, il était fou de joie de savoir que ça se décantait pour moi. Je lui ai demandé d'en faire une première lecture puis de vous le faire lire. J'avais peur que cela vous perturbe de vous retrouver caricaturés. Ce n'était pas méchant, mais pour faire une comédie, il faut forcer le trait et je tenais à ce qu'aucun des Imbéciles Heureux ne soit blessé. J'étais tellement fier d'avoir écrit ce texte et exhumé tant d'anecdotes et de souvenirs de notre jeunesse. Je me justifie, mais je n'ai pas d'excuses. Je me suis vexé comme un gros naze. Charly m'avait demandé s'il avait un peu de temps pour s'occuper de ma demande. Il était noyé sous le taf et il n'avait pas envie de lire mon histoire entre deux rendez-vous. Il m'a parlé de vacances au ski pendant les fêtes de Noël. Il se réjouissait de me lire sur une terrasse ensoleillée, en dégustant un bon vin chaud. Je n'étais pas pressé, le texte était terminé et je voulais juste votre accord de principe. En mon for intérieur, j'étais sûr que vous seriez tous amusés par ma comédie. Mi-janvier, j'ai envoyé un SMS pour savoir si tout était OK et comme tu t'en doutes, je n'ai jamais eu de réponse. Je me suis braqué. C'était important pour moi d'avoir votre assentiment, mais surtout de recevoir vos encouragements. Je viens de t'écrire que je ne cherchais pas à me trouver des excuses et c'est pourtant ce que j'essaie de faire depuis vingt lignes. Bref, j'arrête là, je me sens déjà bien trop nul comme ça. Je vais descendre pour être avec vous mardi. Avant de revoir tout le monde, j'aimerais pouvoir me recueillir sur la tombe de Charly, peux-tu me dire où il est enterré, s'il te plaît ? J'arrive dimanche soir et je prendrai une chambre dans le centre-ville. Je voudrais aussi pouvoir croiser Florence avant que nous soyons tous réunis, pour lui présenter mes condoléances. Tu peux me donner un numéro où la joindre, s'il te plaît ? Je t'embrasse.

— Bah dis donc ! C'est plus un mail, c'est un roman, conclut Camille.

— Et on a parlé pendant une heure après, quand je l'ai rappelé. Il a toujours la même façon de s'exprimer, c'est drôle. J'avais l'impression qu'on était au lycée. Il faisait des blagues dès qu'il était mal à l'aise et, en moins de deux, il retrouvait son charisme.

— Ça me rappelle quelqu'un ! Bref ! T'as eu le dernier SMS de Nico, j'imagine ?

— Ouep ! Je ne sais pas ce qui m'a le plus choquée : que le lycée ait dit non ou que Florence n'ait pas été tellement perturbée par la nouvelle, fit remarquer Marie.

— Moi, d'un point de vue purement égoïste, je suis quand même vachement déçue de ne pas pouvoir tourner quelques images des retrouvailles sur le lieu où j'avais filmé les premières interviews.

— Tu avances, d'ailleurs ?

— À fond ! Je suis à fond ! Et toi ? T'en es où avec tes dossiers de candidatures.

— Pfff ! Je ne sais pas. Je me pose beaucoup de questions sur ma capacité à suivre des cours à mon âge.

— Mais tu délires, d'abord t'es super-intelligente.

— Ça, c'est bien vrai, plaisanta Marie.

— Et surtout, il y a des tas de gens qui changent de carrière à nos âges. Regarde autour de toi, de nous. C'est devenu banal de retourner en formation à la trentaine.

— J'ai presque quarante ans, chaton !

— Dans deux ans et demi, banane !

— « Et demi » ? Passé cinq ans, plus personne ne dit « et demi ».

Marie et Camille commandèrent une deuxième tournée en se moquant d'une tablée derrière elles. La bande de jeune gens qui l'occupait était comme tous les groupes d'amis : mal assortie, bruyante et enthousiaste.

— Heureusement qu'on revoit tout le monde dans quatre jours sinon, ça me collerait le cafard de les voir tous si joyeux, murmura Camille.

J –3

Ce matin, à l'heure du petit déjeuner, Paddy, Lucienne, Léon et Jo, les amis de la résidence senior de Jeanne, débarquèrent chez les parents de Florence à la première heure. Il faisait une chaleur à mourir en ville et à leur âge, l'expression prenait tout son sens. Ils vinrent donc se mettre au vert. Nicolas et Florence étaient ravis. La bande de vieux copains de leur grand-mère était la plus géniale qui soit, pleine d'entrain et d'humour. Ils passaient toujours de bons moments en leur compagnie. Flo qui avait boudé, par principe, Camille et Marie depuis la veille, finit par décrocher son téléphone à la dixième sollicitation. Non, elle ne leur en voulait pas, enfin un peu quand même, mais pas suffisamment pour ne pas les inviter à profiter de la piscine. Avant midi, la maison était pleine de rires, d'octogénaires, de trentenaires et d'enfants qui couraient dans tous les sens.

Florence passa une demi-heure à s'expliquer avec ses deux meilleures amies. Elle leur reprochait d'avoir voulu la protéger et était vexée d'avoir été mise à l'écart. Sa grogne ne dura pas. Parce qu'elle les aimait trop pour les mener en bateau, parce qu'il faisait trop beau pour être de mauvaise humeur, parce qu'autour d'elle tout le monde était joyeux et qu'elle ne voulait pas faire la rabat-joie et surtout parce qu'elle avait autre chose en tête. Il fallait qu'elle trouve un plan B pour la réunion de mardi.

Elles s'installèrent toutes les trois au bord de la piscine, les pieds dans l'eau, pour surveiller leurs enfants-poissons.

— On n'a qu'à faire une énorme fête à la maison ! lâcha Florence.

— Pas si grosse ! On sera onze si on n'invite pas nos moitiés, précisa Marie.

— Oui, mais cela ne nous empêchera pas de nous éclater parce qu'on sera tous ensemble. Je voudrais marquer le coup avant de m'en aller.

Florence qui avait le goût de la mise en scène n'acheva pas sa phrase et se laissa glisser dans l'eau. Elle fit deux longueurs avant de revenir s'accouder sur le rebord face à ses deux amies. Camille était au bord des larmes, Marie avait la bouche entrouverte mais ne trouvait pas les mots.

— J'ai décidé de déménager ; cet été si je peux et au plus tard à la fin de l'année. Cet appartement symbolise trop notre vie avec Charly. Je dois aller de l'avant pour Dorothée, Charlotte et Alice.

— Tu, tu... vas vraiment partir ? bredouilla Camille. Mais où ?

Florence se projeta en arrière et fit la planche de longues minutes avant de revenir se caler devant ses amies. Elle souriait de les faire bisquer ainsi – sa petite vengeance pour ne pas lui avoir fait part du « problème Ross ».

— Je vous en parlerai très vite. Pour le moment, je garde le secret. Je dois en toucher un mot à mes filles avant. Elles sont les principales concernées. Mais j'aurai, ensuite, certainement besoin de votre aide.

Camille prétexta une soif irrépressible pour se rendre à l'intérieur de la maison. Florence hésita à la rappeler pour cracher le morceau mais elle était déjà loin.

— Tu ne peux pas me laisser seule avec elle, elle va péter un boulon si tu quittes Lyon.

— Ne t'inquiète pas pour ça. Je ne vais pas très loin, répondit Florence sans donner plus de précisions.

Le reste de la journée se déroula dans une ambiance bon enfant. Lucienne et Paddy jouèrent avec les petits ; Nicolas s'occupa de tailler tous les arbres du jardin de ses parents. Jeanne, Léon et Jo ne quittèrent pas la cuisine et préparèrent un festin pour le dîner. À l'heure de passer à table, Lucienne se plaignit de l'absence de musique sur la terrasse et tout le monde fut d'accord avec elle. Florence se leva précipitamment et fonça dans le garage parental. Elle se souvenait d'avoir proposé à Nico de récupérer la chaîne hi-fi de Charly. Son mari et son frère avaient, depuis leur plus jeune âge, une passion commune pour le rock'n'roll. Nicolas avait refusé et ils l'avaient entreposée ici, en attendant de trouver quelqu'un à qui l'offrir. Elle déplaça quelques cartons, une malle et un sommier pour accéder à l'arrière-salle, « le petit bazar de Nico » comme l'appelait sa mère. Ce dernier, flanqué de Camille et Marie, la rejoignit dans le garage une dizaine de minutes plus tard. Ils fouillèrent tous les quatre en vain. Florence finit par s'écrouler sur un vieux pouf abandonné par Nicolas quand il avait quitté sa colocation d'étudiant.

— T'aurais peut-être dû jeter ce vieux machin, frangin. Tu pensais vraiment le récupérer un jour pour meubler ton appart ?

— C'est tellement ringard, les poufs ! Quand je pense qu'on ne jurait que par ça quand on était jeunes, se moqua Camille.

— Moche de chez moche ! en rajouta Marie tout en continuant de chercher la chaîne hi-fi.

— On va faire une raclette ! hurla Florence sans aucun lien avec ce que venaient de dire ses amies.

— Pimpon pimpon ! Appelez une ambulance pour l'emmener à l'asile, répondit Camille. Ma pote déboulonne complet ! Une raclette en pleine canicule ? T'en as d'autres des idées tordues comme ça ?

— Une fondue ! Une putain de fondue ! relança Nicolas qui venait de remarquer à son tour le caquelon sur une des étagères murales.

Ils se précipitèrent sur l'appareil comme si c'était le Graal. La solution à leur problème. Peu importait la chaleur, ils allaient organiser une fondue pour la réunion des Imbéciles Heureux.

Nicolas se saisit du carton et, comme il n'y a pas que les malheurs qui n'arrivent jamais seuls, deux petits bonheurs se succédèrent en un mouvement. Ils découvrirent derrière la boîte ce qu'ils étaient initialement venus chercher : la chaîne hi-fi.

Nicolas et les « sœurs de sa sœur » n'étaient, jusqu'à présent, pas tout à fait certains que Florence ait fait le lien entre son souhait de réunir les anciens et le moment où ils avaient appris la mort de Charly. Mais ils n'avaient plus de doutes à présent. La lueur qui brillait dans les yeux de Flo leur confirmait bien qu'elle voulait, à tout prix, reprendre là où tout s'était arrêté. Nico posa le caquelon devant Florence, sur l'établi de leur père et il en profita pour serrer sa sœur contre lui. Camille et Marie étaient émues mais elles se contentèrent de sourire devant la douceur fraternelle dont elles venaient d'être les témoins.

Décembre 2014

Après l'annonce de la mort de son mari, Florence n'était pas rentrée chez elle pendant quatre jours. Elle l'avait rejoint au funérarium et ne l'avait plus quitté jusqu'à ce qu'il soit incinéré. Leurs filles, alors âgées de deux, quatre et sept ans étaient chez ses parents où tout le clan Legaud s'était mobilisé pour les entourer du mieux qu'il pouvait. Elle avait veillé son défunt époux nuits et jours.

En rentrant chez elle après la crémation, elle avait congédié tout le monde. Elle avait besoin d'être seule. Elle avait déposé l'urne mortuaire sur la table basse et s'était assise, précisément en face, sur le canapé. Elle avait contemplé le récipient jusqu'à ce que la nuit tombe. Une fois le séjour plongé dans le noir, elle avait remarqué la petite lumière rouge de la chaîne encore allumée. Pendant toutes les années où ils avaient vécu ensemble, Florence n'avait pas cessé de reprocher à Charly de ne jamais éteindre complètement les appareils électriques. Ils avaient eu mille conversations sur la consommation d'énergie en mode veille. Par flemme et peut-être par provocation par la suite, Charly n'en avait jamais fait qu'à sa tête à ce sujet. Elle s'était levée et avait éteint la chaîne hi-fi tout en sermonnant son mari, une dernière fois. « Ça me soûle de répéter tout le temps la même chose. Pense à la planète, bon sang ! » Sa voix avait sonné faux dans la pièce vide, ou peut-être trop juste au contraire. Elle avait pensé à toutes ces « dernières fois » qu'elle aurait à affronter. Cela lui avait fait l'effet d'un semi-remorque lui roulant sur le corps. Elle s'était rassise sur le canapé, mais avait éprouvé le besoin irrépressible de savoir quelle musique son mari avait écoutée pour la dernière fois sur les enceintes de leur salon. Elle avait rallumé la chaîne. La voix de Nina Simone avait retenti dans la pièce. Elle avait été saisie par les premières notes et quand les paroles avaient commencé, elle avait peiné à retenir son fou rire. Le cliché était vraiment trop gros. *It's a new day, it's a new dawn, it's a new liiiiiife fooooor meeeee... And I'm feeliiiiiing gooooood...*[1]

Dans un film, un livre, on aurait crié à l'invraisemblance, à la mièvrerie. Une scène cousue de fil blanc. Florence avait ri nerveusement tandis que les larmes avaient coulé sur ses joues. Elle avait compris en quelques notes de musique. Ne pas croire en la magie, aux clins d'œil du destin, à une aide qui semble venue de nulle part, comme tombée du ciel, aux retournements de dernière minute, c'était se condamner à vivre une bien triste existence. Or celui qui déguste salement se démène pour voir les paillettes dans la poussière.

À la fin du morceau, elle avait pris soin d'éjecter le disque du lecteur et l'avait rangé dans son boîtier classé par ordre alphabétique dans la discothèque de son défunt mais maniaque époux. Elle avait éteint la chaîne hi-fi pour la seconde fois en dix minutes et avait décidé de proposer à son frère de la récupérer. Lui et Charly avaient toujours voué un culte à cette bestiole dernier cri.

1. C'est un nouveau jour, c'est une nouvelle aube, c'est une nouvelle vie pour moi... Et je me sens bien...

J –2

Marie et Camille étaient rentrées chez elles la veille au soir très tard. Florence et Nicolas avaient passé la majeure partie de la nuit sur la terrasse à écouter les histoires de la bande de Mamie Jeanne.

En se glissant dans son lit, Florence s'imagina plus âgée, entourée de sa petite bande à elle. Elle sombra rapidement. À quatre heures du matin, elle entendit du bruit au rez-de-chaussée et ne parvint pas à se rendormir. Elle avait soif et se rendit dans la cuisine pour se désaltérer. Quand Nicolas, qui était sorti fumer une cigarette sur la terrasse, rentra dans la pièce, elle peina à retenir un cri.

— J'ai failli faire une syncope ! T'es dingue ! Qu'est-ce que tu fous dehors en pleine nuit ?

Son frère cachait une liasse de papiers derrière son dos. Elle tenta de les lui subtiliser.

— C'est quoi, petit cachotier ?

— Tout à l'heure, quand on a trouvé le caquelon et la chaîne hi-fi, j'ai repensé au jour où je suis venu déposer tout ça, ici. Tu m'avais missionné pour vider le bureau de Charly au cabinet et quand je t'ai demandé ce que tu voulais faire des cartons préparés par ses collègues, tu te souviens, tu m'as dit de tout entreposer dans le garage des parents.

— Je suis fatiguée, frérot ! Tu peux passer la vitesse supérieure, s'il te plaît ?

— Tiens, regarde ce que je viens de trouver, répondit Nicolas en lui tendant les feuillets.

— T'es allé fouiller dans les cartons de mon mari ? Pilleur de tombe, va !

— J'ai eu une intuition et j'avais vu juste ! Lis ! ordonna-t-il.

Florence lut la première page « *Les Imbéciles Heureux*, scénario par Ross ».

— Regarde tout en bas de la page.

— Date d'impression : 4 décembre 2014.

— J'ai trouvé la liasse de papiers dans une enveloppe kraft. Charly avait imprimé le texte pour le lire pendant les vacances de Noël comme il l'avait promis à Ross.

— C'est la révolution intérieure pour tout le monde, dis donc en ce moment ! Voilà que tu te mets à avoir des intuitions et à prendre des initiatives, le taquina Florence. Ça donne quoi, alors, le texte de Ross ?

— J'ai commencé, figure-toi ! Je m'éclate. C'est hyper-drôle ! Du Séb Rossignol pur jus !

Le frère et la sœur se préparèrent un café et s'installèrent autour de la table de la cuisine pour lire ensemble le scénario.

J -1

En une semaine, tout le monde avait répondu, chacun avait bouleversé son emploi du temps pour être disponible le 21.

Florence avait informé la bande du refus du lycée et ils avaient été plus de la moitié à proposer de se réunir chez eux. Elle avait remercié tout le monde et insisté pour que la fête ait lieu chez elle. Elle s'était assurée qu'aucun de ses vieux copains n'était allergique ou intolérant au fromage. Puis leur avait annoncé le menu en deux temps : un premier message mentionnait une raclette, raclette immédiatement corrigée en fondue.

Nicolas sourit de la vanne de sa sœur. Elle et ses chipies de copines ne changeraient jamais. Elles le taquineraient éternellement et il adorait ça.

Camille tenta quelques SMS à l'attention de Florence pour en savoir plus sur son prochain déménagement mais ne reçut pour seule réponse que la consigne de ne pas s'inquiéter. Facile à dire !

En fin de journée, elle rejoignit Marie pour une mission fromages. Flo s'occupait de tout le reste. En chemin,

Camille reçut un message d'un collègue de France 3. Elle lui avait demandé des conseils en équipements vidéo. Elle devait se procurer une nouvelle caméra. Si elle voulait tourner des images en 2016, elle ne pouvait pas décemment travailler avec sa vieille HI8 du siècle dernier. Il mentionnait deux références de matériel. Camille se décida pour le modèle de la même marque que celle choisie vingt ans plus tôt par ses grands-parents. Elle songea au sacrifice qu'ils avaient dû faire à cette époque : sa caméra devait coûter une petite fortune en 1996, mais dès qu'elle avait montré de l'intérêt pour l'image et l'audiovisuel, ils lui avaient donné les moyens de se réaliser. Elle se trouva bien ingrate de leur avoir mis sur le dos, durant toutes ces années, la responsabilité de ses rêves avortés. Au lieu de se sentir attristée par cette idée, elle sourit et leur adressa intérieurement une douce pensée. Elle en avait mis du temps à comprendre, mais ne dit-on pas que « mieux vaut tard que jamais » ?

Marie passa la journée sur les chapeaux de roues. Elle accompagna son fils aîné chez le dentiste puis de retour à l'école, elle repartit aussi sec avec la classe de la petite puisqu'elle s'était portée volontaire pour encadrer le pique-nique de fin d'année. Elle rentra chez elle, tourna un peu en rond dans le salon, mis de l'ordre dans la cuisine, tourna à nouveau dans tous les sens dans l'appartement et enfin s'assit derrière l'ordinateur familial. Elle prit une longue inspiration et appuya sur la touche « imprimer ». Feuille à feuille, elle rangea soigneusement dans une pochette son dossier de candidature pour sa reprise d'études en cours du soir de psychologie. Il lui restait à le remplir et à se convaincre de l'envoyer. Mais cela avait au moins le mérite d'être un premier pas.

Les deux amies sonnèrent à l'interphone de Florence à 18 heures. Leur hôte les orienta vers la cuisine pour déposer les denrées fraîches dans le frigo. Elle glissa ensuite dans son sac à main une pile de feuilles et demanda à Camille et Marie si elles pouvaient lui accorder une demiheure. Gustave attendait Camille avec Louis chez elle, Marie devait récupérer ses enfants chez sa voisine, mais Florence insista et leur promit qu'elles n'en auraient pas pour longtemps.

— C'est à propos de mon déménagement.

Il n'en fallut pas plus à Camille pour prévenir Gustave par texto qu'elle ne tarderait pas. Marie, quant à elle, informa sa voisine en chemin lorsqu'elles traversèrent la place Sathonay. Florence les guida vers un lieu qu'elle garda secret jusqu'à leur arrivée. Elles passèrent devant la Halle de la Martinière et continuèrent en direction du quai de Saône. Devant le mur des Lyonnais, Florence leur indiqua le banc qui tournait le dos à la fresque et les invita à s'asseoir.

— Comme je vous l'ai dit, il faut que nous déménagions avec mes filles. Je ne veux pas qu'elles grandissent dans l'appartement où j'ai tant pleuré ces derniers mois.

— Je comprends, murmura Camille, livide.

— Nous y avons été follement heureux avec Charly mais je ne parviendrai jamais à envisager ma vie sereinement si son fantôme reste avec nous entre ces murs. Il n'est pas question de tourner la page, mais…

— Tu n'as pas à te justifier, ma Flo. On te comprend. Si tu as besoin de mettre les voiles, alors fais-le. Je prendrai bien soin de notre ado, plaisanta nerveusement Marie en désignant Camille d'un geste du menton.

— Je vais avoir besoin de votre aide. J'espère que vous n'en avez pas marre de mes défis à relever, parce que celui-ci est costaud.

Florence sortit de son sac une dizaine de photocopies. Elle en remit un exemplaire à chacune.

Vous êtes propriétaire dans cet immeuble et vous souhaitez vendre votre logement : contactez-moi !

— Je vais les déposer dans les boîtes aux lettres des deux immeubles, précisa-t-elle en désignant les façades qui se dressaient devant elles.

— Tu veux déménager ici ? demanda Camille si fort que les touristes qui admiraient le mur sursautèrent.

— Trois rues derrière la place Satho ? T'es une sacrée aventurière ! plaisanta Marie, elle aussi soulagée.

— Dans deux semaines, si personne ne m'a contactée, j'aurai besoin de vous pour faire du porte-à-porte. Je dois convaincre l'une de ces familles que c'est mon tour d'abriter la mienne ici.

— On aura des armes pour les convaincre ?

— Non, Marie ! Rien que notre motivation ! Venez… fit Florence en les invitant à prendre place de l'autre côté du banc.

Elle tendit un bâton de guimauve à Camille qui croqua dedans instantanément.

— Quand nous avons commencé à sortir ensemble avec Charly, le mur venait d'être peint. On l'admirait et on dissertait pendant des heures sur toutes les personnalités qui avaient fait et qui continuaient de faire l'histoire de Lyon.

— Rhooo, les intellos ! Et chauvins avec ça ! s'amusa Marie.

— Je voulais vous montrer quelque chose. Regardez… Florence se retourna pour leur montrer le dossier du banc contre lequel elle était appuyée. Une inscription était gravée dans le bois, sur laquelle elle passa l'index.

— Camille, la guimauve, c'est maintenant ! poursuivit Florence. C'est ici que Charly m'a dit qu'il m'aimait pour la première fois. J'ai envie d'ouvrir mes fenêtres le matin et de voir ce mur qu'il aimait tant et ce banc, surtout…

— C'est tellement chou, ma Flo. Mais à ce stade, ce n'est pas de la guimauve, c'est carrément de l'hyperglycémie ! lâcha Camille en posant sa tête sur l'épaule de son amie.

— Un coup à faire un coma diabétique, ouais ! ajouta Marie.

21 juin 2016

Florence sortit de sa douche et attrapa sa montre pour vérifier l'heure. Elle était dans les temps. Elle saisit ensuite son médaillon. Elle se sentait toujours incomplète lorsqu'elle le retirait de son cou pour se laver ou se baigner. Et ne tardait jamais à le remettre en place, une fois sèche. Aujourd'hui, cependant, avant de le raccrocher, elle l'ouvrit et fixa longuement la photo de Charly. Du bout de l'index, elle caressa la petite vitre qui protégeait le visage souriant de son mari.

« Nous y voilà Charly ! Ce soir, nous serons tous réunis pour trinquer en ton honneur. Nous sommes convenus avec les copains de ne pas parler de nos carrières ou de nos vies amoureuses. Cela ne servirait à rien ! On s'en moque pas mal de savoir qui fait quoi et qu'est-ce qu'on a raté ou non. Ce que nous souhaitons, c'est être ensemble ! Juste être, pas avoir !

« Je ne sais pas vraiment à quelle obsession j'ai cédé en mettant autant d'énergie dans ce projet de réunir Les Imbéciles Heureux mais peu importe. Cela m'a permis de me sentir vivante. Nos filles ont été tellement heureuses de me voir sourire à mesure que nous parvenions à retrouver tout le monde. Chacun y est allé de son mot gentil à ton sujet. C'est dire comme tu étais aimé. Ce soir, nos filles dorment chez mes parents. Je leur ai expliqué que je recevais tous les anciens amis de "papa et maman" et que cela me faisait très plaisir. Nos petites puces m'ont souri sans vraiment comprendre. Elles paraissaient simplement heureuses que je sois heureuse. Elles tiennent cela de toi, je crois. Ta prédisposition au bonheur. Fais-moi confiance, mon amour, je vais chérir ce trait de caractère que tu leur as laissé en héritage. Depuis que j'ai parlé avec l'amoureux de mamie, j'ai compris qu'avoir connu un amour comme le nôtre fait de moi une personne privilégiée. Cela peut paraître dingue de dire cela parce que tu n'es plus à mes côtés mais vingt ans de notre amour font de moi la personne la plus heureuse du monde. Rien, pas même ta mort, mon merveilleux mari, ne pourra m'enlever ce que nous avons vécu. Je souhaite à ceux que j'aime et surtout à nos filles de connaître ce véritable et grand amour, comme a été et sera pour toujours le nôtre. »

Florence enfila son médaillon puis un débardeur et par-dessus, le sweat-shirt de son mari, celui qu'il portait lorsqu'il jouait au basket-ball avec l'équipe du lycée. Il était trop grand pour elle et depuis le temps qu'il traînait chez eux, le bout des manches commençait à s'effilocher. Sa couleur criarde ne s'accordait avec rien mais elle n'avait pas envisagé une seule seconde de porter autre chose pour l'occasion. Ce sera un jean et des baskets pour elle, ce soir. Comme à l'époque du lycée. Elle prit soin de sortir la médaille qui renfermait la photo de Charly et la positionna en évidence sur sa poitrine. Quelques minutes plus tard, elle était prête, ses cheveux étaient attachés et son maquillage discret. Elle s'adressa un sourire en se regardant furtivement juste avant d'éteindre la lumière de la salle de bains.

Tout était prêt pour la fondue des Imbéciles Heureux. Florence attendait Marie, Camille et Nicolas qui avaient promis d'arriver avant les autres. Elle sentait son cœur battre à tout rompre dans sa poitrine.

À 18 h 30, Camille fit son entrée dans l'appartement, sa nouvelle caméra à la main. Elle filma en gros plan le sweat-shirt de son amie et son sourire radieux. Puis ce fut le tour de Marie. Elles étaient excitées comme des puces, et l'arrivée de Nicolas ne les aida pas à retrouver leur calme. Il avait lui aussi enclenché le mode « pile électrique ».

— Les générations futures ne pourront sûrement pas comprendre pourquoi mes vidéos sont si précieuses pour nous. Nous sommes les derniers à ne pas avoir grandi la caméra à la main. Ceux dont la jeunesse ne s'étale pas sur les réseaux sociaux.

— Absolument, ma Cam ! Nos souvenirs de jeunesse ne nous sont pas restitués chaque matin par l'algorithme de Facebook. Aucun réseau social, si ce n'est celui que nous avons tissé, que nous tissons et que nous tisserons peut-être encore demain, ne nous dira un matin : « Ce jour-là, il y a vingt ans » suivi d'une photo ou d'une vidéo nous rappelant cette soirée dingue du 21 juin 1996, ajouta Marie.

— Bon, vous avez fini avec vos morales de vieilles peaux ? se moqua Florence. Je vous rappelle que c'est en grande partie grâce à ces réseaux sociaux que vous dénigrez que nous avons retrouvé tout le monde.

— Pas faux ! répondirent les deux amies d'une seule voix.

Florence poussa Cam du coude qui poussa Marie à son tour. Elles se bousculaient et ricanaient comme des gamines en se servant du vin blanc. Camille perdit l'équilibre et se rattrapa à la table basse. Son verre à pied bascula et son contenu se répandit sur le plateau. Camille attrapa sans réfléchir un plaid sur un fauteuil et s'en servit comme d'une éponge.

— Fais comme chez toi, t'as qu'à utiliser ma déco comme torchon, j'te dirais rien ! plaisanta la maîtresse de maison.

L'interphone sonna et les quatre amis sursautèrent. Nicolas, Florence et Marie se précipitèrent ensemble vers la porte. Camille de son côté vérifiait que le contenu de son sac n'était pas trempé de vin. Elle les rejoignit, une fois rassurée. Ils attendirent tous les quatre, bien sagement, en rang d'oignons devant la porte d'entrée que les portes de l'ascenseur libèrent les premiers Imbéciles Heureux.

— Ça va, Camille ? T'es blême ! T'as vu un fantôme ou quoi ? lui demanda Florence.

— J'ai eu la peur de ma vie, sérieux ! Il y a mes cassettes sur le bonheur dans ma sacoche. Je les ai apportées, ce serait sympa de se faire une petite projection collective, après le dîner, non ? Par contre, s'il vous plaît, vous ferez attention à ne pas renverser vos verres de picole dessus. Si je perds ça, c'est mort, je n'ai plus de matière première pour raconter notre histoire dans un documentaire.

— Eh bah, t'en feras un roman, alors ! plaisanta Florence.

Remerciements

Merci à Emeline Colpart, mon éditrice pour ses conseils et sa patience ainsi qu'à Florian Lafani pour sa confiance renouvelée et ses mots rassurants. Merci à Maryannick Le Du, toi-même tu sais. Merci à TOUTE l'équipe de Fleuve Éditions. Merci de participer à la réalisation de mon rêve de jeunesse.

Merci à Anthony, mon merveilleux mari. Merci pour ton soutien et notre amour à la folie folle.

Merci à Juliette et Thomas. Ma véritable histoire a commencé depuis vous.

Merci à ma maman qui m'a transmis le flambeau de l'écriture. Merci pour les innombrables conversations autour de ce roman, merci d'avoir partagé tous mes moments de doutes comme d'euphorie.

Merci à mon papa pour l'héritage culturel et l'intégrité. Merci à mes sœurettes bien sûr.

Merci à Florence, ma première lectrice, dont la force et la tendresse m'ont inspiré le personnage principal de ce roman.

Merci à ma famille ainsi qu'à toute ma belle-famille pour l'enthousiasme partagé, l'amour et le soutien sans faille.

Merci à Chachoute, Cé, Lilie, Bland', Alinette, mon Shirlon, Lud' et Flo aka Fluo. Merci à mes amis de toujours, mes potes à la compote, ma seconde famille, celle que l'on choisit.

L'écriture de ce roman s'est faite dans plusieurs salons de thé lyonnais. Je remercie les équipes qui m'ont accueillie de si longues heures et qui ont fait de leur établissement des lieux chaleureux dans lesquels mes personnages ont pu voir le jour. Josie et Moy grâce à qui j'ai gardé le cap de l'amitié, Clio et Guillaume qui m'ont régalé le bout de la langue et Ali dont le Nuage fut si confortable.

Merci aux lecteurs des *Sales Gosses* pour vos retours de lecture si bienveillants. Vous lire pendant que j'écrivais *Les Imbéciles Heureux* m'a donné le courage et l'énergie d'aller au bout de ce long processus. Merci. L'aventure est en marche. Je vous embarque et vous garde avec moi si vous le voulez bien…

Enfin, merci la vie ! Merci aux paillettes cachées dans la poussière et une douce pensée pour toutes celles et tous ceux que l'on aime et que l'on n'oublie pas.